書下ろし

虹かかる

木村忠啓

祥伝社文庫

亡き父に捧ぐ

目次

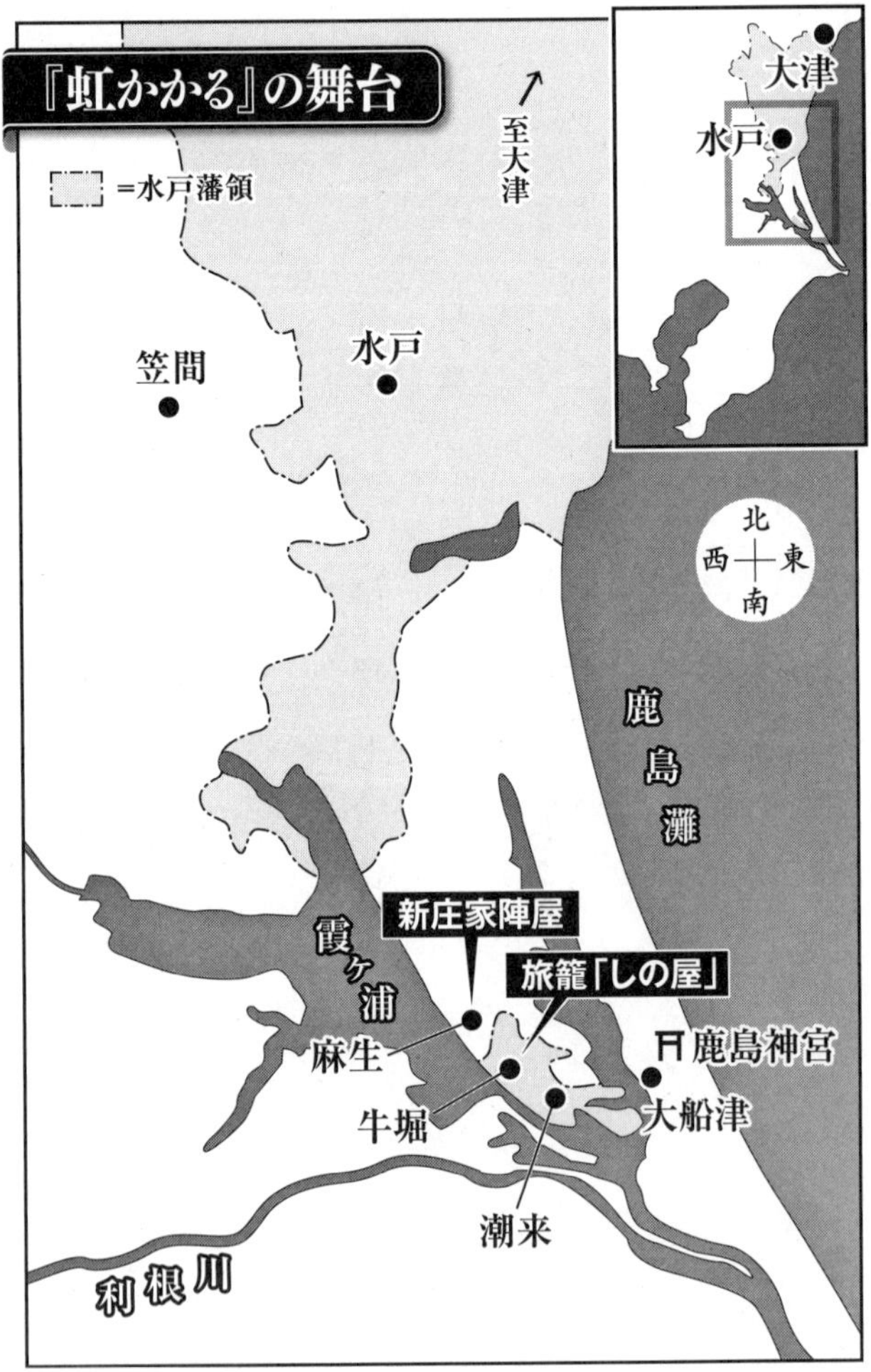

『虹かかる』の舞台
=水戸藩領
至大津
大津
水戸
笠間
水戸
北
西
東
南
鹿島灘
霞ヶ浦
新庄家陣屋
旅籠「しの屋」
鹿島神宮
麻生
牛堀
大船津
潮来
利根川

第一章　散骨

一

常陸国・潮来は風光明媚な水郷の地として名高い。

板東太郎の異名を持つ利根川の雄大さと、縦横無尽に張り巡らされた細い水路がつくる長閑な景観は旅人の目を楽しませた。

飛田忠矢は、利根川の支流のひとつである園部川に臨む茶屋に座っていた。秀麗の地にいるにもかかわらず敵地にでも来たかのように、往来を凝視している。

天保十三年（一八四二年）七月。

朝のうちは曇っていた空は、昼前には驟雨をもたらした。ほどなくして雨がやむと、先ほどまでの曇天が嘘のように晴れ渡った。その分、蒸し暑くなってきている。

汗を拭きながら茶屋の前を通り過ぎていった通行人がふと足を止めた。

「虹だ」

見るとはなしに見ると、遥か彼方の空に鮮やかな虹が掛かっていた。だが、見事な虹も、今の忠矢には何の感動も与えなかった。

「お武家さまは鹿島詣でに来られたのですか」

忠矢が注文した団子を手にした店の主が声を掛けてきた。禿げ上がった頭の先までてらてらと血色がよく、でっぷりと太った中年の男だ。

(この男相手に少し稽古しておくか)

ふと思いついた忠矢は、

「いや……水府城に報告せねばならぬことができたものでな」

わざと意味深な返事をした。

「お武家様は水戸様の御家中でございましたか」

店主は忠矢をしげしげと見ながら、問いを重ねた。

「その問いには答えられぬ。なにせ、公には口に出せぬお役目だからな」

忠矢がさらにぼかして告げると、

「これは失礼をばいたしました」

店主は驚いたような表情を浮かべ、奥へと引っ込んでいった。

水戸家か公儀の隠密のように振る舞うというのは江戸からの道中、考えていた嘘だ。

いざ使ってみると嫌気がさすが、自分を守るためには仕方がない。

潮来は二十年振りである。人にとって二十年は長いが、自然にとっては刹那でしかない。そのわずかの間に景色が一変するとは思えないが、忠矢の目には二十年前の潮来と今の潮来はまったく違う場所に思えた。

潮来は水戸領である。かつて水戸藩士であった忠矢は施政の側から潮来を見ていた。それが、今ではただの浪人として潮来を見ている。おのずと景色も違って見えよう。

今のところ、かつての同僚には会っていない。だが、しばらくすれば見知った顔に出会うだろう。

長男が家督を継いでいる水戸の飛田家にはすでに父母はなく、没交渉である。脱藩した者の消息など誰も気にしてはいない、と思いたいところだが、水戸において飛田忠矢の名前はある意味で知れ渡っていた。特に、悪意ある者なら忠矢の近況に興味を持つのは間違いない。

　そんな連中に浪人暮らしの疲れはみせたくないし、見え透いた嘘を吐いて馬鹿にされるのもごめんだ。いかに本当のような嘘を吐くか。江戸から歩きながら、そればかり考えてきた。

「分かっておる」

　忠矢は右隣に置いた風呂敷に向かってそっと呟いた。風呂敷の中身は妻の秋恵の遺骨を納めた桐箱である。

　秋恵だったら、嘘など吐く必要はございません、と言うのだろう、と忠矢は思った。

　青臭い信念に基づいて水戸を辞したのは、今となって考えれば大失敗である。違った道を選んでいればよかったと地団太を踏むような気持ちに襲われたこともある。唯一の慰めとなったのは、かつては御三家のうちのひとつ、水戸家の一員であったという矜持である。

「ひとは誰も変わるもの。中には好まざる変化もございます。けれども、すべての変化を受け入れるのが度量というものでございます」

そんな忠矢に対していつも前向きな秋恵は言った。いかなる境遇におかれても、胸を張って生きていることこそ大事だと説(と)いたが、過去の誇りを持ち続けるためにも、変化を受け入れてはならないのだ、と忠矢は譲らなかった。

その秋恵は二か月前の五月に急逝した。華奢(きゃしゃ)な見かけとは違い、四十を越えてからも秋恵は病気ひとつしなかった。それが昨年の秋に掛かった風邪(かぜ)の治りが悪かったため、医者に診(み)てもらったところ、胸の病が見つかった。それ以来、寝たり起きたりを繰り返していた。端午(たんご)の節句を間近にしたころ、吐き気がすると言って寝込んで、わずか四日後に呆気(あっけ)なく他界したのである。

もともと秋恵は忠矢と同じ水戸藩士の丸山作左衛門(まるやまさくざえもん)という男を父に持っていた。作左衛門の屋敷が千波湖(せんばこ)の近くにあったところから千波小町と呼ばれるほどの美貌(びぼう)の持ち主で、嫁に欲しいとの引き合いも多かった。永い江戸詰めから戻った忠矢は、秋恵の容姿にひとめぼれした。

作左衛門と忠矢の父親である忠右(ちゆうすけ)が釣りを通じて気心知れた仲であったことも幸いし、忠矢が半ば強引にもらい受けたのである。

(それなのに、なにひとついい思いをさせてやれなかった)

忠矢は唇を噛(か)んだ。

この先、自分の人生に何かいいことが待っているとは思えない。仕えるべき主もなく、家族もなく、金もない。時が来れば、枯葉が落ちるように人知れず死んでいくしかないのだろう。

忠矢の鬱屈(うっくつ)した気持ちとは裏腹に水郷潮来のさわやかな風が吹き抜けていった。

園部川には、何艘(そう)もの舟がのんびりと行き来しているが、そんな穏やかな光景は忠矢の目には入らない。

秋恵がいればこそ、大言壮語(たいげんそうご)を吐くことができたし、まったく叶(かな)いそうにない望みも堂々と口にできた。だが、独りになってしまえば、四十七歳のくたびれた痩(や)せ浪人がいるだけだ。

秋恵は良妻であり、ほとんど自分の望みを口にしない女だった。その秋恵が死の間際に、

「わたしが死んだなら、遺骨を大津(おおつ)の浜に沈めてくださいませ」

珍しく強い口調で嘆願したのだった。

「そんな弱気になってどうする」

忠矢がたしなめると、

「死ぬ時期くらい自分で分かるものでございます。大津浜には義兵衛さんという網元がおられます。義兵衛さんに頼めば舟を出してもらえるはずです」

秋恵は落ち着いた表情で答えた。

「大津の網元などどこで知ったのだ」

予期せぬ秋恵の答えに忠矢は驚いた。

「ご自分でお行きになれば分かります」

それだけ言って、秋恵は目をつぶった。

大津は忠矢にとって因縁ある事件があった地だ。こうして水戸を間近にした今でも、秋恵がなぜ大津浜に自分の骨を散骨してほしいと言い出したのかわからない。

「おやじ、今日は団子を三十本ほどもらっていく」

表から野太い声が掛かって、忠矢は我に返った。

「これは権蔵さま、見廻りご苦労さまにございます」

店主はぺこぺこと頭を下げたうえで、女将に目配せした。うなずいた女将が奥に下がったところで、

「今すぐ団子は包ませていただきますが、お尋ねしていた件の答えはいかがでご

ざいますか」

店主はもみ手をしながら、尋ねた。

「他の客がいる前で軽々しい口を利(き)くんじゃねえ」

権蔵はちらりと忠矢を見てから、冷たい口調で言い放った。

「平(ひら)にご容赦(ようしゃ)をねがいます」

その言葉に店主は土下座でもしそうな勢いで禿げた頭を下げた。

「だがな、ひとつだけ教えておいてやろう。先生」

権蔵が後ろを振り向くと、

「うむ」

低い声で返事をして懐手(ふところで)をした浪人然とした男が前に出た。

「俺がなぜ剣術の先生と一緒なのか考えればおのずと答えは出るだろう。と申すわけなのでな、今日は見廻り料もいつにも増して頼むぞ」

最後のほうはほとんど聞き取れないくらい小さな声になって権蔵は告げた。

「へえ。かしこまりました」

権蔵の声は小さかったが、店主に対する効果は抜群だった。主は飛ぶようにして奥へと走っていった。

店主も女将もいなくなると、店内には忠矢を含め三人しかいなくなった。関わり合いにはなりたくない類の男だ。もうひとりの浪人者は背こそ低いが、着物の上からでもわかるくらい両肩が盛り上がっていた。身に着けた着流しだけでなく、帯や足袋、大小の鞘まで全身黒ずくめであった。まるで、闇の底から抜け出してきたかのような男であった。

権蔵と呼ばれた男は蛇のような眼を持っていた。

忠矢は浪人者と目が合った。刹那、背筋が寒くなるのを感じた。

（相当な手練れだ）

男から漂ってくるのは剣の腕の確かさというよりも、潜ってきた修羅場の多さであり、血の匂いだった。

「腕に自信がありそうだな」

浪人は低い声で言いながら、忠矢を睨んだ。

「いまの時世では武士といえども、大事なのは剣の腕ではなく、算盤をはじく才であろう」

男の挑発を外すように忠矢が返事をすると、浪人はしばらく黙っていたが、

「なかなか面白い男だ」

突然、くくく、と喉(のど)を鳴らして陰気な笑い声を立てた。

「お待ちどおさまにございます」

そこに、店主が包みを持って現れた。

「確かにもらい受けた」

権蔵は重みを確かめるように包みを両手で持つと、ずるそうな笑みを浮かべた。

「俺の名は斉藤(さいとう)という。仕事が欲しくば、牛堀(うしぼり)まで来い」

浪人者は忠矢に一瞥(いちべつ)を投げたあと、先に店を出て行った。その背中を権蔵が追った。

「あいつらは何者だ」

ふたりの姿が見えなくなったところで、忠矢は主に尋ねた。

「目明(めあか)しの親分でございますよ」

「目付きの鋭いほうはさもあらんと思ったが、もうひとりは目明しではないだろう」

「へえ、目明しの親分ではありませんが、何者なのかよく分からないのでございます」

店主はそう言って、自分もその正体を知りたいのでございます、と付け加えた。

「牛堀におるようなことを申しておったが」

忠矢がそこまで告げると、

「ええ。ここ数日の間、牛堀宿は先ほどのような怪しい浪人たちが徒党を組んでいるのでございます。その正体を教えてくれと権蔵親分に頼んでいたのですが、今日もはぐらかされてしまいました」

「心当たりがありそうな物言いではないか」

「へえ。火のないところに煙は立たぬと申します。かと申してまさかあの噂が本当だとも思えないのですが」

「あの噂とは、何のことだ」

忠矢は奥歯に物が挟まったような店主の言い方が気になった。

「まあ、噂は噂に過ぎませんから」

忠矢が問うと、店主は自分から言い出したにもかかわらずお茶を濁して、奥にある暖簾を潜っていった。

「卒爾ながら、飛田殿ではございませぬか」

店主が潜っていった暖簾をじっと見ていた忠矢であったが、突如として背後から声を掛けられた。

「おお、これは佐野（さの）殿ではござらぬか」

振り向いた忠矢は、目の前に立っている男を見て驚いた。佐野はかつての同僚である。二十年振りに会うというのに、まったく変わっていない。最初に会ったのが佐野でよかったとの思いもある。

「やはり飛田殿でしたか。久しぶりに帰郷でございますか」

佐野はさわやかな笑みを浮かべた。昔と変わらず無駄なぜい肉はついていない。

「いや、少し訳ありでな」

忠矢が言葉を濁すと、

「そうですか。それはそうと、千波小町の秋恵殿はご一緒ではないのですか」

佐野は屈託がない分、直截（ちょくせつ）である。店主のように好都合な勘違いはしてくれなかった。

「それが……、今年の五月に亡くなったのだ」

忠矢が答えると、さすがの佐野も、

「そうだったのですか」

表情を曇らせて、言葉を区切った。

「おい佐野、そんなところで油を売っておっては困るぞ」

遅れてぬっと姿を現したがっちりした身体付きの男にも忠矢は見覚えがあった。

（丸山新之助）

佐野のほうは苗字しか思い出せなかったが、丸山新之助は名前まで思い出せた。できればもっとも会いたくない人物であった。

丸山は遠縁筋の秋恵を妹のように可愛がっていた。忠矢が秋恵をもらい受けると決まったとき、何かと嫌がらせをしてきた男でもある。忠矢よりもわずかだが年長で、家禄も飛田家より多かった。そのせいで、高所から見下したような言動が多かった。

「これは奇遇だ。水戸家に対して大見得を切って飛び出していった飛田殿ではござらぬか。さぞやご活躍なのであろうな」

丸山は強い者には弱く、弱い者には強かった。浪人然とした忠矢を見て、安心したのだろう。昔と変わらぬ嫌みたらしい笑みを浮かべながら、皮肉を言った。

「丸山殿、飛田殿にぶしつけな物言いは失礼ではございませぬか」

佐野も忠矢に対する丸山の明らかな敵対心に気づいたのであろう。やや硬い口ぶりになりながら抗議した。

「失礼だと。誰に向かって口を利いておるのだ。おまえこそ年長のそれがしに対して失礼であろう」

佐野の言葉に色白な丸山は、顔を赤くして反論した。

「しかしまあ、飛田殿ほどの気概のある方ならば、どこへ行ってもご活躍なさっておるはず」

「気概か。気概で活躍できるほど世の中が甘くないのは、おまえも知っておろう。時には堪え難きを忍んでも上役の指示に従うのが宮仕えというものだ」

丸山は、厳しい顔付きで告げた。

「昔から独りよがりな男だ。自分の考えだけが正しいと思っておるようだな」

忠矢は何か言い返したくなって、丸山に嫌みを言った。

「その言葉はそっくりおまえに返してやる。二十年前、水戸を飛び出していったとき、自分が口にした台詞を忘れたわけではなかろうな。その台詞の結果がいまのおまえの姿だ。俺とおまえとどちらが正しいか分からぬなら鏡を持ってきてやろうか」

　だが丸山の反撃のほうが辛辣（しんらつ）だった。

「そこまで申すのなら、ひとつ教えてやろう。他言は無用ながら、それがしは御（お）上（かみ）から極秘の任を帯びて当地に来ておる」

「なんだと。馬鹿も休み休み言え」

　丸山は皮肉げな笑みを浮かべたまま、冷たく言った。

「実は、牛堀に集まっている怪しい輩（やから）について調べておるのだ」

　だが忠矢がそこまで告げると、丸山は笑みをすっと引っ込めた。

「何を知っていると申すのだ」

　真顔に戻った丸山は確かめるように、尋ねた。

「そちらの駒（こま）を見ずに、こちらの駒だけ見せるわけにはいかぬ」

　忠矢は丸山の表情をじっと見た。

「よかろう。ひとつだけ教えておいてやる。今回の件は性質（たち）の悪い与太話（よたばなし）に過ぎぬであろうが、いかなる事態に陥（おちい）っても水戸は中立だ。介入するつもりはまったくない」

　丸山の言葉を聞いた忠矢は勝ったと思った。忠矢が幕府の手の者である可能性を完全には否定できなかったからこそ、ここまで答えたのだ。

「ではこちらも答えよう。御上も中立の立場を崩してはおらぬ」

「なにを言う。幕府であれば、積極的に釘を刺しておけばいいだけの話ではないか。なぜ強気に出ないのだ」

丸山の返事を聞いて忠矢は、しまった、と思った。当てずっぽうで進めてきた話がここで見えなくなった。

「本当を申せば、それがしも同じ意見だ」

苦し紛れに言った忠矢だったが、

「一万石とはいえ麻生新庄家は大名家です。いくら妖怪と呼ばれる鳥居甲斐でも、町奉行が一線を越えるのは危険な試みだ」

佐野が自らの考えを添えたので、少し道筋がみえてきた。

「今の発言に対しても同じ意見か」

丸山は厳しい目で忠矢を見た。

「むろん、そう思う」

時を稼ぐように忠矢が答えると、

「それならば何を探索するために当地に来たのだ」

内心を見透かそうとするかのように、丸山はさらに忠矢を睨んだ。

「かようなことまでべらべらと話せるものか」

「そこまで話しておいて、急に話せぬと言い出すとはいかにも怪しい。それに御上の探索は常に複数行動と聞く。どうもお主の話は信じがたい」

忠矢は強気で返事をしたつもりだったが、逆に不信感を高めてしまったようだ。

「それはそうと、秋恵殿は今年になってみまかったそうでございますぞ」

何と言って反論すべきか忠矢が迷っていると、佐野が突如として話題を変えた。

「なんだと！　いつの話だ」

いつもの色白な顔色に戻っていた丸山の顔が再び紅潮した。

「二か月前だ。胸の病のため、他界してしまったのだ」

言外に込められた丸山の怒りを感じながら、忠矢は意図して淡々と答えた。

「――情けない男だ」

しばらくして丸山の口から出たのは漏れるような低い言葉だった。

「では飛田殿、水戸にお越しの際はぜひ手前のところにもお寄りください」

悪くなった空気を払拭しようと、佐野はこの場をお開きにしようとしたが、

「お主が水戸の実家と没交渉なのは知っておる。だが、人の生き死にといった大事は何を差し置いても知らせるべきではなかったのか」

丸山は佐野の言葉など聞こえなかったかのように忠矢を睨みつけた。

秋恵の実家の丸山家でもすでに父母は亡くなっており、姉が迎えた婿が丸山家を継いでいる。当然、そこには伝えているが、逐電同様に水戸を後にした妹の消息など周囲に喧伝したくなかったのであろう。

「何も知らない者が勝手なことを抜かすな」

思わず大きな声で言い返した忠矢だったが、丸山の目に光るものが浮かんだのを見て押し黙った。そして、

（丸山の言う通りだ）

と痛感した。

丸山の涙が多分に感傷的なものだとしても、秋恵の死を悼む気持ちに嘘偽りはないに違いない。

秋恵の実家に知らせるにしても、文だけでなく、忠矢自身が出向いて知らせるべきだったのだ。

後悔すると同時に、月日が経つ早さの残酷さを思った。

若いころは傍若無人でがさつさだけが目立った丸山であるが、今は水戸家の中堅どころとしての貫禄を滲ませている。いっぽうの忠矢自身は、浪人の身で常に腹をすかせているような暮らしを送っている。その差は明らかだ。

歳月は人を同じ位置に留めさせはしない。川の流れに従うように、人は時の流れに流されて変わっていく。忠矢自身は変わったら負けだと思っていた。だが、こうして目の前の丸山を見ていると、人は年を経るに従って、いいほうに変わっていかなくてはならないのだと思い直した。

いずれにせよ、今生での勝敗はついてしまった。忠矢の一生はまだ終わってはいないが、奇跡でも起こらない限り丸山を逆転できる見込みはなさそうだ。

強く唇を嚙んだ忠矢には、店を出ていく二人の姿は目に入らなくなっていた。

「ごめん」

そこにがっちりとした侍が入ってきた。

（あれは……）

大柄な武士の羽織に染め抜かれた左藤巴紋を見て、忠矢は目を見張った。左藤巴紋は、たったいま話していた麻生家の家紋だったからだ。何とも気まずい思いを胸に抱いたが、店を出るいい汐であった。

二

剣術は、鹿島、香取の両神宮を中心とした『東国七流』から発展したといってもよい。

中でも鹿島流は鹿島神陰流ともいわれ、戦上手として名高かった鹿島神陰流の祖・松本備前守政信から塚原卜伝へと繋がっていく。鹿島神宮は剣を遣う者なら誰もが憧れる聖地である。

どうせ急ぐ旅ではなかった。忠矢はこれから鹿島神宮に詣でていこうと考えた。

潮来から鹿島神宮は二里ほどの距離でしかない。舟を使えばさらに容易に行くことができる。

(あれからもう二十年か)

園部川から舟に乗った忠矢は、川面に目を落とした。

文政七年(一八二四年)五月。

水戸領の大津浜に英国籍の捕鯨船が来航し、乗船員が上陸して燃料や食料を要求した。

水戸家としては穏便かつ迅速に事態を終結しようと、儒者であり藩校・弘道館の教授でもある会沢正志斎と忠矢の叔父にあたる飛田逸民を交渉に当たらせた。ふたりは筆談を交えた苦心の交渉のすえ、藩の思惑通りに食料や燃料などを与えて捕鯨船を早々と大津浜から追い出すことに成功した。

世にいう、大津浜事件である。

事はすべて無事に片付いたかに思えたが、藩のご意見番ともいえる藤田幽谷が弱腰の姿勢に嚙みついたところから藩論を二分するほどの騒動に発展した。幽谷は強硬な攘夷論を主張し、同調した藩士が幕府に建議しようとするほどの騒ぎとなった。

逸民は、今この場で強硬策に出るのは時期尚早であるとし、必死に騒動の鎮静化を図った。しかし、大きくなり過ぎた騒ぎを鎮めるのは容易ではなかった。そこで、逸民は責任を一手に背負うための人身御供を立てることを思いつく。

白羽の矢が立ったのは、逸民の家人の遠藤重孝という男だった。忠矢と重孝は年も近く、竹馬の友ともいうべき仲であった。重孝には文の才があり、文の重孝、武の忠矢とお互いの才を認め合う間柄でもあった。

もちろん、今回の対応に関し、重孝には何の非もない。

二十七歳の忠矢は当時、心酔していた陽明学を以て、逸民に談判しにいった。しかし、理を語らせたら百戦錬磨の逸民に敵うわけがなく、青二才の屁理屈と一喝されて、抵抗はむなしく終わった。結局、重孝は御家のために何も言わず腹を切った。

悔やんでも悔やみきれないのは、重孝が腹を切ることを決めてから、一度も直接話ができなかったことである。重孝は秘密保持の目的もあり、幽閉されてしまったからだ。

忠矢は自らの考えを押し通すことに加え、逸民への当てつけもあり、藩籍を離れることを決意した。

先ほどの佐野のように忠矢の行為を好意的に見てくれた者もいたが、大半は丸山のように冷ややかな目で見た。

しかも、忠矢は水戸家を辞すときに「水戸家に住んでいる魚は、自分たちは大海を泳いでいると思っているようだが、実はそこは少し大きな沼に過ぎない」と捨て台詞を口にしてしまった。この一言によって、それまで忠矢に対して同情を寄せていた者も大半が否定派に回ったのである。

　鹿島神宮を詣でた後はいよいよ水戸に入る。水戸ではたくさんの見知った顔と出会う。最後まで先ほど丸山と佐野に吐いた嘘を通せれば、自分の勝ちだと忠矢は思う。秋恵はそんなつまらない見栄は捨ててしまえばいいと思っているのだろうが、これは見栄ではなく誇りだ。かつて忠矢は丸山や佐野と同じ立場にいた。剣をとっては指導してやった覚えもある。

「しょせん、俺は不器用な生き方しかできぬのだ」

　忠矢が自嘲気味に呟いたところで、舟は大船津に着いた。水中から突き出た真っ赤な一の鳥居が目に眩しい。

　船着き場からは門前町が形成され、賑やかな街並みが続く。

　道の両脇に並ぶどの店もが客で混雑しているのを見て、たいしたものだ、と忠矢は感心した。

　さらにゆっくりと歩を進めると、なにやら前方に人だかりができているのが目に入った。

　見るとはなしに見ると、ふたり組のうちのひとりが口上を述べている。普通だったら足を止めることもなく、その場を去る忠矢であるが、ふと足が止まった。口上を述べている者をどこかで見た気がしたからだ。

中肉中背。大きな耳に、切れ長の目。髭剃り跡が濃い。左目の下に泣きぼくろがある。

思い出せそうで、思い出せない。痒いところに手が届かない思いで、忠矢は男に目を向けていた。

「東西、東西、つたなき弁舌ながら、畏まって口上述べ申し上げます。目の肥えた皆々様の目に叶うかどうかわかりませぬが、下手は上手の飾りもの、枯れ木も山の賑わい、下手な鉄砲も数撃ちゃ当たると申します。お急ぎの足をお止めになり、なにとぞごゆるりとご覧賜りますよう、御願い奉りまする」

切れ長の目の男はすらすらと口上を述べた。

演じるのは猿に似た顔の小柄な男の役目のようだ。猿顔の男は、若草色のたっつけ袴をはき、蝶の模様の入ったえんじ色の鮮やかな羽織を身にまとっている。いかにも芸人然としたこじゃれた身なりである。

その猿顔の男が何も入っていない右手の布をひらひらと振ると、いつの間にか湯飲みが現れた。

おお、とざわめきが起こる。

男の前には簡易な机が置いてある。男は湯飲みを机の上に置き、土瓶の蓋を取った。中身は何も入っていない。蓋を戻して土瓶を傾けると、どうしたことか水が出た。その水を湯飲みに注ぐ。

本物の水であることを客に確認させた後で、男は紙をかぶせた。そのまま湯飲みを逆さまにしたが、水はこぼれない。

「えい」

気合を入れると、今度は紙すらも取ってしまった。

それでも水は一滴もこぼれなかった。

再び、観客の間から大きなどよめきが起こった。

「かような不思議が、どなたにもおできになる。この紙にいまの種明かしが書いてございます。普段だったら、五十文でお売りしている種だが、今日は大安吉日。今日に限って三十文で結構」

どこかで見覚えのある顔の男は、手にした紙をひらひらさせた。

「本当に誰にでもできるんだろうな」

客から問い掛けが入る。

「もちのろんにございます。仕掛けは簡単でも、見た目は摩訶不思議。これが手前どもの手妻でございますよ」

猿顔が補足したが、こちらの口上もなめらかだ。

「よし、もらった」

ふたりの口上を聞いて、声が掛かった。

種明かしは、結構な売行きであった。男たちはふたりして、種明かしが書かれた紙を売りまくっていった。

「ありがとうございます」

金を受け取る切れ長の目を持った男の右袖から、火傷の跡が覗いた。

(笹間……清兵衛に違いない)

その火傷の跡を見て、忠矢は咄嗟に思い出した。もとは、岡崎・本多家五万石の家人だった男だ。武士をやめて、花火師に転職した変わり種である。

清兵衛殿、と声を掛けようとした忠矢だったが、

「おい、てめえら、たいした商いをしているようじゃねえか。ちいとばかり、こちらにも金を回しな」

そこに、いかにも人相の悪い若い男が先に声を掛けた。やたらと背が高いが、だらしなく広げられた着物からみえる胸元は薄い。その胸元に細々と胸毛が生え

ているのも貧相である。

「ここの場所代なら、土地の親分に払ってある。おまえに払う金などない」

清兵衛は堂々とした態度で言い切った。

「ここの親分と、うちの一家の親分は義兄弟の仲だ。土地の親分に払ったんだったら、同じ額をうちの親分にも払いやがれ」

背の高い男は、巻き舌口調でまくし立てた。

「ふざけるな。義兄弟の仲だったら、仲良くふたりで二等分するがいい」

清兵衛にはまったく怯(ひる)んだ様子がない。

一年ほどの短い期間であったが、忠矢は江戸で清兵衛と同じ道場にいた。清兵衛の腕の確かさを忠矢は思い出した。特に二本の小太刀(こだち)を遣う独特の剣技は、秀逸であった。

「人がおとなしく言い聞かせてやれば、いい気になるんじゃねえ。痛い目に遭いてえらしいな」

「ほう、痛い目に遭わせられるかどうか試してみるといい」

清兵衛はなおも強気で言い張ったので、相手の腰が引けた。だが、

「どうした。揉(も)め事か」

そこに徒党を組んだ五人の男たちが現れた。

「兄貴、ちょうどいいところでござんした。こいつらがショバ代の支払いを拒むんでごぜえやす」

背の高い男は、急に強気な態度を復活させた。

「本当か」

頬に刀傷を持った男がどすの利いた声で、清兵衛を睨んだ。この男だけはほかの者とは違い、一目でみて分かるほど上質の絹でできた着物を着ている。兄貴と呼ばれただけあり、年嵩で貫禄があった。

「払わぬのではない。二重に払うのはご免だと言っただけだ」

清兵衛は胸を張ったまま答えた。

「今、俺たちが要求しているのは場所代じゃねえ。俺たちは、何よりも面子を大事にしている。おめえはこの男の面子を潰した。だから、面子代を寄こせと言っているんだ。今日は特別にこれだけに負けといてやる」

男は人差し指を一本突き出した。

それは安い、と言いながら、清兵衛は懐から四文銭を取り出すと、

「釣りはいらぬ」

と投げて渡した。

「何の真似だ」

刀傷を頬に持った男は低い声を出したが、抑えたその声は怒りのせいか震えていた。

「指を一本出したのだから、一文の意味だろう」

「ふざけるな」

男は帯に挟んであった匕首をさっと抜いた。それを合図のように、他の五人も匕首を抜く。辺りは殺伐とした雰囲気に包まれた。

「土下座して一両払うんだったら、今からでも勘弁してやるぜ」

先ほどの背の高い男が意気揚々と声を掛けた。

その声には何も答えず、清兵衛は机の下に隠してあった木刀を取り出した。

それを見た荒くれたちの目付きが明らかに変わった。

（ひとりでごろつき六人を相手にする気か。相変わらず無茶な男だ）

忠矢は内心で苦笑しながら、そっと股立ちをとった。いつでも加勢できるように準備を整えるためだ。

頬に傷を持った兄貴分さえ抑えてしまえば、あとの五人は烏合の衆だ。

忠矢はごろつきたちの腕を慎重に値踏みした。刀を抜くのは久しぶりだ。胸の鼓動が高まった。

「ちいとお待ちください」

そこに明るい声が掛かった。緊迫した雰囲気に不釣り合いな口調だった。猿顔の男の声だ。

「てめえも仲間だな。痛い目に遭わせてやるから覚悟しやがれ」

低い声に怒りを込めた頬傷の男が火の出るような目で猿顔を見た。

「お互いに堅気とは言えない身。どうでしょう、ここは博打で勝負するってのはいかがでございますか」

肝が太いのか、鈍いのか分からないが、猿顔はにこやかな笑みを浮かべている。

「博打だと」

猿顔の人懐っこい笑みに気勢を殺がれたのだろうか。頬傷の男には確かめるような表情が浮かんだ。

「ええ。三つの茶碗を用意いたします。その中のひとつに玉を入れます。茶碗を動かしたあと、どこに入っているか一回で当たれば五両、二回目で当たれば四両、三回目で当たれば三両を差し上げます。四回目で二両、五回目でも一両です」

猿顔はにこにこしながら言った。

「ならば五回目までに当たらねえと、何ももらえねえことになるじゃねえか」

頬傷の男が尋ねた。

「三分の一の機会が五回もあるんです。当たらないほうがおかしいでしょう」

「だが、おめえは手妻師だ。何か細工を加えるつもりだろう」

頬傷の男の言葉からは、いつの間にか怒気(どき)が消えている。

「もちろんです。でも、手前の手付きにおかしいところがあったら言ってくださいまし。その指摘が正しかったなら、その場で五両を差し上げます」

「面白え、玄人相手にいかさまを宣言するとは、いい度胸だ。見破ったら、五両だけでなくその右手ももらうぜ」

頬傷はにやりと笑うと、匕首をしまった。残りの五人もそれに倣った。匕首をしまったうえで、机を取り囲むようにして目を大きく開いた。

「こいつはおっかないこった。せいぜい、仕掛けが見破られないように頑張らせてもらいます。さあさあ、後ろの皆さんも見て行ってくださいよ」

猿顔はにこやかな表情のままで告げ、周囲の野次馬にも声を掛けた。その声に遠巻きで見ていた野次馬はじりじりと前に寄って来た。

「では一回目でございますよ」

猿顔は右手で白い玉を手にすると、真ん中の茶碗に玉を入れた。茶碗を何回か素早く動かしたあとで、

「どうぞお選びください」

と言った。

「最初は素直に行くか」

頰傷は、一番右の茶碗を指した。だが、白い玉は真ん中から出て来た。

「あっしも一番右だと思いやしたが」

別のやくざが首を捻った。

「馬鹿野郎、相手は品玉使いだ。何かしてくるに決まってるじゃねえか。俺は裏の裏をかいたつもりだったんだがな」

二回目も外れ、三回目となった。

「どうぞ」

と声が掛かると、

「今度は俺が茶碗を開けさせてもらうぜ」

頬傷はにやりと笑った。

「どうぞ、お好きになさってください」

猿顔の言葉を聞いて頬傷が真ん中の茶碗を開けたが空だった。玉は左の茶碗から出てきた。

四回目。

猿顔が茶碗を動かそうとすると、

「ちいと待て。両手をみせてもらおう」

頬傷は突然、動作を遮った。

「結構でございますよ」

猿顔はにこにこしながら、両手を開けてみせた。もちろん何もない。

その上で、

「今度はふたつ選んでくださって構いません」

と大胆なことを言った。

「ほう、たいした自信だな」

頬傷は少し怒ったような口調で言って、左右の茶碗を開けたが外れであった。

五回目。

猿顔は両手を改めてひらひらさせて空であることをみせたうえで、机の上に載せてあった白玉を取って、真ん中の茶碗に入れた。

「今度が最後です。三つ選んでくださって結構です」

「なんだと。三つのうちどの茶碗にも玉が入ってねえ、などと抜かしたら許さねえぜ」

頬傷はすごんだ表情を浮かべたまま、茶碗を開けたが、

「こいつは……」

中身を見て絶句した。三つのどの茶碗にも赤玉が入っていたのである。

「その玉をどけてみてくださいまし」

猿顔に言われて、頬傷が赤玉を寄せると、下から一分銀が出て来た。

「それは些少（さしょう）でございますが、見物くださったお礼にございます」

猿顔は大仰に頭を下げてみせた。

「ショバ代を見事に値切りやがったな。まったく、いい腕だ。俺たちの鉄火場（てっかば）で壺（つぼ）を振らねえか」

一分銀を懐にしまった頬傷の顔からは、すっかり怒りの表情が消えている。

「手前は如何様はいたしません。手前が行うのは手妻のみでございます」

猿顔の言葉に頰傷はぽかんとした表情を浮かべたが、

「面白いことを言う野郎だ」

と言いながら、手拭いを投げて渡した。

「これは？」

猿顔が手拭いを広げると、丸地に白抜きで甚という文字が染め抜いてある。

「うちの一家の屋号が入った手拭いだ。この辺りで再び揉め事が起きたとき、そいつを持っていりゃあ、ちいとは何かの足しになろうってもんだ」

頰傷は背を向けた。残りの五人も従った。

「お待ちください」

その背中に猿顔は声を掛けた。

「まだ何か用か」

頰傷は振り向いた。

「これをお持ちになってください」

猿顔は先ほど売っていた種明かしの紙を渡した。

「俺は普通の手妻の種じゃなく、茶碗の玉の種のほうがいいんだがな」

頬傷はにやりと笑った。

「玉の仕掛けをお教えしてもいいのですが、種を知っても絶対に演じることはできません」

「名人芸ってわけか。愉快なのは顔だけじゃねえようだな」

頬傷は手渡された紙を肩越しにひらひらさせながら去って行った。

三

「笹間清兵衛殿ではございませぬか」

頬傷の言った通り、芸のような見事な客捌きに感心していた忠矢だったが、我に返って清兵衛に声を掛けた。

「確かに清兵衛は手前にございますが」

声を掛けられた清兵衛は、忠矢を咄嗟には思い出せない様子だった。

「江戸の岩鉄道場で同門だった飛田忠矢です」

「飛田殿……」

少し間を置いた後、

「虎の尾斬りの忠矢さんにございますか」

清兵衛は、叫ぶように大きな声を出した。

「かような技は忘れてしまいましたが、お久しぶりですな」

忠矢は笑みを漏らした。

「ええ。かれこれ十年振りになりましょうか」

「かようなところで何をなさっているんですか。清兵衛殿は、花火師として鍵屋で活躍しているのでしょう」

何気なく忠矢が尋ねると、途端に清兵衛の表情が曇った。

「立ち話も何ですから、どこか茶屋にでも座って話をしませんか」

清兵衛はそう言うと、

「竜吉（たつきち）、今日はもう店仕舞（じま）いだ」

振り返って猿顔の男に告げた。

「兄貴の肚（はら）が据（す）わっているのはよく知ってるぜ。だから、土地のごろつき相手にその太い肝っ玉を見せつけるのはやめてくれねえかな。その肝っ玉のせいで、今日は大赤字だ」

竜吉と呼ばれた男から機嫌の悪そうな声が返ったが、清兵衛は何も言わずに茶屋に向かった。

「豪胆清兵衛は健在ですな」

茶屋に座った忠矢は湯飲みを手にしながら、岩鉄道場での清兵衛の綽名を告げた。

当時の清兵衛は、格上にも臆さず試合を申し込んだ。普通の者であれば、ひるんでしまうほど徹底的に痛めつけられても再び立ち向かっていく態度は、並の心持ちではできない、と噂されたものだった。

道場では忠矢の腕のほうが上だったが、岩鉄道場がその後何年も続いていたなら、逆転されたかもしれないほどの稽古ぶりだった。

「いや、久しぶりに耳にするその綽名はお恥ずかしい限りです。忠矢さんは、潮来にはお仕事で来られたのですか」

清兵衛は茶ではなく、酒を頼んでいた。

「いや、それがしは結局仕官できずじまいで、いまも単なる素浪人ですよ」

「そうですか。忠矢殿ほどの腕を持った方がもったいない話だ。それにしても綺麗な奥方を江戸に残して一人旅とは優雅ではありませんか」

後半の部分は、清兵衛は茶化すかのように言ったが、

「いえ、女房も一緒ですよ」

忠矢が風呂敷に包まれた小箱に目を遣ると、清兵衛も事情を察したらしく、押し黙った。

「光陰矢の如しというのは本当だ。手前ももう鍵屋の一員ではございません」

しばらくして、清兵衛は苦々しい表情で酒を呷った。

「そうですか……」

忠矢は何と言葉を継いでいいのかわからず、曖昧にうなずいた。

「今は才蔵の見習いのようなことをしています」

「才蔵、ですか」

「手妻師に付いて、口上を述べたり、何かと手助けをする役目です」

聞きなれない言葉に首を捻った忠矢を見て、清兵衛が説明を加えた。

「そうですか……。十年とは武士を花火師に、花火師を手妻師の助手にと目まぐるしく変化させるのに十分な歳月らしい。おまけに秋恵のような賢い者が死に、それがしのような間抜けが生き残る。これも人生でしょう」

「死んだと申せば、藤井さんを斬った足立半平太の消息について何かご存じです

か」

久しぶりに兄弟子の仇である者の名を聞いて、忠矢はぴくりとした。

「いや、まったく消息は不明ですが、足立のような悪人は長生きするのでしょう」

足立の名を聞くと、忠矢の胸に苦々しい思いがよみがえった。

岩鉄道場は江戸の柳町に門を構えた神道無念流の町道場であった。当時、高齢であった道場主は、剣の腕も人品も素晴らしい藤井宗次郎という師範代に道場を任せようとしていた。そのときは、藤井を筆頭に忠矢ともうひとり、足立半平太を加え、岩鉄の三羽烏と呼ばれていた。

足立は背が高く、柳の葉のようにひょろ長い手足を持った男だった。膂力はないが、長い手足を使ってよどみない剣を遣った。水鷗流居合術も修めており、驚くほど遠い距離から剣を伸ばしてくる。その技の完成度は高く、足立の剣の腕を天与の才として認めない者はなかった。

いっぽうの忠矢の剣は努力の賜物だった。さきほど清兵衛が口にした虎の尾斬りとは、ごく近い間合いから繰り出す変則的な剣技であり、足立の長い手足に対抗するものであった。それでも、忠矢にとって足立は分の悪い相手であった。

「こうして旅に出ると、足立の姿はないかと、辺りをきょろきょろしてしまいます」

「先ほど申したように十年の月日はひとを変える。先ほどそれがしを見てすぐに誰だか分からなかったように、足立を見てもすぐにわかるだろうか」

「悪人の顔は忘れません」

きっぱりと言い切る清兵衛の顔には苦々しい表情が浮かんだ。

十年前、足立半平太は藤井宗次郎を酔わせたうえで斬った。藤井を暗殺して、岩鉄道場を自分が継ぐ肚であったようだが、事が露見して半平太は失踪した。事件の半年後には、道場主が藤井の後を追うように他界した。忠矢に岩鉄道場を引き継いでほしいという声も少なからずあったが、おり悪しく仕官の話が決まりそうになっていたときだった。結果としては、岩鉄道場は看板を下ろし、忠矢の仕官は叶わなかった。道場はなくなり、清兵衛と会うこともなくなった。

それから少しして、清兵衛が武士をやめ、花火職人になったという話を人づてに聞いた。

「もし足立を見つけたならどうするつもりなのだ」

少しの間、昔を思い出していた忠矢は我に返って、尋ねた。

「足立を見つければ斬り合いになるでしょう。かつて自分がどうしても敵わなかった相手を前にして逃げ出さずにいられるのかどうか、自分を試してみたいのです」

腕組みをして長い間考えていた清兵衛は思い詰めたような表情で答えた。

「それは危険過ぎる。奴の居合の切れ味を知っているはずだ」

「でも、俺はこれまで逃げてばかりでしたから」

「逃げたのではなく、花火職人への夢を追い求めてすべてを投げ出したのではないか。再出仕に汲々(きゅうきゅう)としていたそれがしからすれば、ずいぶん颯爽(さっそう)としてみえたものだ」

「いえ、花火職人になりたいという夢は本物だったのかどうか……。職人からも逃げ出しちまった今となっては夏の日の陽炎(かげろう)のようにはっきりしません」

清兵衛は手にしたぐい飲みに目を落とした。

「貴殿はそれがしと違ってまだ若い。やり直しが利く年だ」

月並みな慰め文句だが、気の利いた台詞が忠矢には思いつかなかった。

「はい。手妻と出会えたのは僥倖(ぎょうこう)だと思っています。俺の住む場所はここしかない、と何が何でも踏ん張る所存でおります」

清兵衛は、屹（きっ）とした目で忠矢を見返した。

「あの猿顔とは長い付き合いなのだろうか」

清兵衛の表情を好ましく思いながら、忠矢は問いを重ねた。

「ええ、あいつの名は竜吉といい、そろそろ一年半の付き合いになります。柳川（やながわ）一蝶斎（いっちょうさい）の名は知っておられますか」

清兵衛は、明るい表情に戻って告げた。

「ああ、名前だけは。有名な手妻師だろう」

一蝶斎は名跡（みょうせき）である。ふたりが話している一蝶斎は初代を指す。初代の一蝶斎は、後に京で官位を受け、柳川豊後大掾（ぶんごのだいじょう）を名乗った。ちぎった紙を扇子（せんす）で煽（あお）ぐと蝶となって自在に飛び回るという手妻『うかれの蝶』を芸術の域まで高めた名人である。

「いかにも。竜吉は一蝶斎の弟子です。手前は才蔵の真似事をしながら、手妻の舞台に花火を持ち込めないかと思案しているのです」

夢を語ると、清兵衛の目が輝いた。

「ほう、手妻と花火か。面白い組み合わせだ。潮来には興行で足を運んだというわけか」

「そうです。水戸の御領内でお招きがあり、今はその帰りです」

「天下の水戸家からの招きに応じるのであれば、一蝶斎自ら出向いてもよかったのではないだろうか」

「それがそうもいきません。江戸での興行は水野越前の奢侈禁止令の煽りを受けて風前の灯。そこで一蝶斎は江戸を離れ、今月末から名古屋で興行を打つ予定を立てたのです。だからそっちの準備で手一杯なんです」

「そうだったのか。そこで弟子が行くことになったわけか」

「その通りです。でも水戸のお殿様は気性の激しいお方。いっぽうの手妻師は人を騙すのが仕事。お殿様の逆鱗に触れたら、手打ちになりかねぬと誰もが行きたがらなかったのです」

　水戸家は御三家の中で家禄は一番低いものの、天下の副将軍として参勤交代の義務を逃れ、藩主は江戸在住が原則であった。しかし、何かと幕政に口を挟む徳川斉昭は煙たがられたようで、幕府から向こう三年の間、水戸在住を命ぜられていた。

「その中であの猿顔だけが手を挙げたと申すのだな」

　忠矢はいかにも物怖じしなさそうな竜吉の顔を思い浮かべた。豪胆な清兵衛と物怖じしない竜吉。案外、ふたりは似た者同士なのかもしれない。

「そういうことになります」

清兵衛が答えたところで、

「失礼ながら、飛田殿にございますか」

そのとき、唐突に忠矢に声を掛けて来た者がいる。先ほど、潮来の茶屋に後から入ってきた新庄家の武士であった。

「いかにも、飛田にございますが」

新庄家の家中がなぜ自分の苗字を知っているのだろうかと不審に思いながらも、忠矢は返事をした。

「それがしは麻生新庄家の家中で山本槍三(やまもとやりぞう)と申す者。以後、お見知りおきください」

槍三は、大きな身体をきっちりと折り曲げて頭を下げた。

そのように丁寧(ていねい)に挨拶(あいさつ)をされても、忠矢には槍三の意図がまったく分からない。

「はあ……」

忠矢が曖昧に頭を下げ返すと、

「不躾な問いながら、飛田逸民殿のご子息でおられますか」

槍三は問いを重ねた。

「いえ、逸民は叔父にあたります」

忠矢は返事をした。逸民は水戸の碩学として有名である。水戸にいるときもよく比較された。藩籍を離れたいまもこうして叔父を引き合いに出されるのは忠矢にとっては迷惑でしかなかった。

「そうでしたか。いずれにせよ、逸民殿に所縁あるお方とお話できて光栄でございます。御酒をお召しでございますか」

槍三は清兵衛が飲んでいた酒に目を遣ると、大きな手を叩いて酒を頼んだ。

「いや、それがしは――」

断ろうとした忠矢を遮って、

「まずは一献」

槍三は徳利を差し出した。髭こそ生えていないが、もし髭が生えていたら、戦国武将のようないかつい顔に見えるに違いない。その容貌に似つかわしく、声も堂々としていた。

「せっかくですが、昼に酒は嗜みませぬ」

忠矢が断ると、

「それでは山本さまの右手の行き場がなくなる」

清兵衛はまるで年上のような口を利いて、自らのぐい飲みを差し出した。そのうえで、

「山本さまもいかがですか」

と徳利を受け取った。

「手前は職務の途中なれば」

一度は断った槍三であったが、

「そこを曲げて、いかがですか」

清兵衛に再び勧められると、素直に酌を受けた。

「今日、手前は鹿島神宮に参拝に行くつもりでおりましたが、詣でる前からこのような知己を得られるとは、まことに霊験あらたかにございますな」

槍三は注がれた酒をさも旨そうに飲みながら、言った。

「申し訳ありませんが、今回は物見遊山の旅ではございません。見も知らぬお方と世間話をする気にはなれないのです」

槍三のゆっくりとした話し方に少々いらいらしていた忠矢は素っ気なく告げ

た。

「分かっておりますとも」

槍三は手のひらを見せながら忠矢を制したが、次にがばっと両手を付いて額を板の間に擦り付けた。

「いったい、何の真似を」

突然の出来事に忠矢は言葉を失った。

「先ほど、飛田殿がお入りになられた茶屋の主人は手前の遠縁に当たる者。その縁により、店に来た客の話などをいろいろ聞かせてもらっておるのでございます」

(そういうわけか)

槍三は、店主から聞いて忠矢を水戸の隠密と思っているのに違いない。

「最初に申しておきますが、それがしはしがない浪人に過ぎません」

嘘は水戸だけで通じればいい。先んじるつもりで忠矢は告げたが、

「お立場は理解しております。無理を承知でお話をさせていただいておるのでございます」

「忠矢さん、こいつはいったい――」

清兵衛はあんぐりと口を開けて驚いている。

「勘違いだ。茶屋の主がそれがしを水戸の隠密か何かと勘違いし、この山本殿もその勘違いに引っ張られているだけだ」

忠矢は自らが仕掛けた嘘にもかかわらず、勘違いと誤魔化(ごまか)した。

「勘違いでも構いませぬ。飛田殿のご意見としてお聞かせいただきたいのですが、もし甲斐守殿と我が家の間で何らかの諍(いさか)いが生じたとき、水戸家や御上はどう動かれるとお思いになりますか」

そこまで聞いたところで、

(もしかすると、これは思わぬ好機なのではないだろうか)

槍三の推量は的外(まとはず)れとはいえ、もともとは忠矢が仕組んだ嘘から生じている。槍三の勘違いをうまく利用すれば、丸山たちにも嘘を信じさせられるのではないだろうか。

「貴殿はそれがしの意見を聞いてどうなさるおつもりか」

忠矢はわざと固い言葉を使って尋ねた。

「五日後には我が殿をはじめ、江戸に詰めていた者たちが帰ってきます。いっぽうで、牛堀には怪しい浪人が集結しております。江戸詰めの者が帰ってくる直前になってこのような動きがあるのは、何か隠れた企みがあるのではないかと思えて仕方がないのです」

槍三はいくぶん早口になりながら、一気に話した。

「お待ちください。ただいまのお話、さっぱり分かりませぬ」

忠矢はまだ一方的に話し続けそうな槍三を押しとどめた。

「これは失礼いたしました。飛田殿はいったいどこまで知っておられるのでございますか」

槍三も勢いよく話したことを反省したのか、ゆっくりとした口調に戻って尋ねてきた。

「鳥居甲斐守殿と新庄主殿頭殿が諍いを起こし、甲斐殿の息の掛かった者が牛堀に集まっているらしいといったところです。詳細はこれからの探索次第で明らかになるでしょう」

忠矢は今日聞いた話をまとめて、さもはじめから知っていたように言った。

「もしかすると、諍いの原因はご存じないのですか」

槍三は怪しむ様子もなく、問いを重ねた。

「ええ。原因については江戸表でもよくわかっておりません」

忠矢はいかにもその筋の者らしい言葉を選んだ。

「もとはといえば、食べ物の恨みからといえます」

槍三は意外な言葉を発したあと、いったん酒を口にするため黙ったが、すぐに再び話し始めた。

諍いの主役は、老中・水野越前守忠邦のいわゆる天保の改革の、冷徹なまでに忠実な実行者として権力を振るう南町奉行・鳥居甲斐守耀蔵と麻生新庄家の十二代藩主である新庄主殿頭直計のふたりである。

新庄氏は、元を辿れば近江国に居住していた武将である。新庄の名も近江の地名からとったものだ。その新庄家は、関ヶ原の合戦の際に高槻城主として西軍に与して、敗戦を迎えた。いったんは改易の憂き目にあったが、その後、家康に許されて常陸国・麻生に所領を与えられた外様大名である。

城は持たず、麻生に陣屋を構える一万石の小大名であったが、領内にある霞ヶ浦は新庄家に大きな恩恵を与えた。

参勤交代の江戸への道中は、新庄家は霞ヶ浦にある新川河岸から御座船に乗り、木下までは航路を取った。この経路は、時間と経費の節約になった。舟の便を使いやすいように陣屋も霞ヶ浦からわずか五町（約五百四十五メートル）

の近さに建てられていた。

その霞ヶ浦は水産物の宝庫であった。中でももっとも有名なのは時献上の品として将軍家の食卓にも上がるワカサギである。

このワカサギを所望してきたのが鳥居耀蔵であった。咎められる行為ではないが、頼み方が乱暴であった。まるで魚屋に注文するかのように所望してきたのである。

このことをたまたま知った直計は激怒した。直計は外様ながら、奏者番の重職にも就いた経験を持つ実力者で、誇りも高かった。

それでも事務方が丸く収めていれば事態は深刻化しなかったのだが、たまたま直計と耀蔵が直接言葉を交わす場面があり、言い合いになってしまった。

対立は解決をみないまま、うやむやのまま終結した。普通であれば、そのまま終わるものであるが、妖怪と綽名された鳥居耀蔵の粘着気質が対立をそのままでは終わらせなかった。今でも遺恨の火は燃えているのだという。

「そういう事情だったのですか」

長い話を聞き終えた忠矢であったが、にわかには信じがたい話だった。

「鳥居甲斐は多忙だ。一万石の大名を目の敵にするほど余裕があるとは思えないのですが」

清兵衛も忠矢と同じ考えのようであった。

「尋常であれば、そう考えるべきところでしょう。でも霞ヶ浦の調査のため牛堀に集まったという浪人は、実際は当家の落ち度を探し求めているように思えるのです」

槍三は苦り切った表情で告げた。

「浪人どもと鳥居甲斐を結びつける確証はあるのですか」

よからぬ謀を為そうとするにしても、極秘のうちに進めるのでなければ、火の粉が鳥居の身にも降りかかるだろう、と忠矢は思った。

「確証はありませぬ。浪人自らは鳥居甲斐殿との関係を口にしておりません。ですが、影をちらつかせることによって、手前どもが困窮するのを見て甲斐守殿は楽しんでいるとしか思えぬのです」

「ならば相手にせねばいいだけだ。いくら相手が妖怪だとしても、こちらがまるきり相手にしなければ、ひとりで喧嘩はできない」

そこに清兵衛が口を挟んだ。

「相手にしないも何も、いま陣屋に残っている新庄の家人は手前を含めて四人だけです。交代の手伝いに加え、飛び地の西田井でちょっとした問題が起きたので、駆り出されてしまったのです。わずか四人では何もできませぬ」

槍三は困惑した表情で言った。

「そんな話を聞かされても、それがしは何の力にもなれません」

だが、困惑しているのは忠矢のほうだった。

「手前どもの家は弱小ゆえ耳目たる忍びを持ちませぬ。ここはなにとぞ、水府さまの手のお方の力をお貸しいただけませぬでしょうか」

槍三は再び額を板の間に擦り付けた。

（どうやら槍三殿は清兵衛と竜吉をひっくるめて俺を水戸の隠密と間違えているようだ）

忠矢は思った。きっと先ほどのやくざ者に対する竜吉のあしらいを見ていたのだろう。先ほどは槍三の思い違いを利用できないかと思った忠矢だったが、話が大きすぎる。手に余る話は、すぐに断ろうと思った忠矢であったが、

「いいでしょう」

清兵衛が先に返事をした。

「何を申す」

「武士は相身互いと言います。ここまで槍三殿が平身低頭の態で頼んでいるんです。ここでひと肌脱がなくては水戸っぽが泣きますよ」

押し留めた忠矢を遮って、清兵衛は意外なことを言い出した。

「少々、話がある」

慌てて忠矢は清兵衛を店の外に引っ張り出した。

「今回の話は相手の勘違いから起きたことだ。あまり軽はずみなことは言わぬほうがよい」

忠矢は清兵衛に釘を刺した。

「いえ、軽はずみだとは思っちゃいません。俺は逃げるのが嫌になってしまったんですよ。今度、困難が目の前に現れたら決して逃げないと誓ったんです。今回の件は自分を試すとっておきの機会だ」

清兵衛の顔は真剣だった。

「逃げるとか、逃げないといった問題ではない。だいいち、どうやって浪人たちの内情を探ろうというのだ」

「それには竜吉を使います。浪人どもはどうせ今はやることがなくて退屈しているでしょう。竜吉の手妻で浪人どもに近づきます」

「何を申しておる。相手はごろつきの集団だ。危険過ぎるぞ」

「花火の製造はいつも危険と隣合せでした。あの現場を思えば、いまさら怖いものなんてありませんよ」

清兵衛は白い歯をみせて笑った。

「どうも豪胆清兵衛には、無鉄砲さも加わったらしい」

もともと清兵衛には一途なところがあった。忠矢は腕を組んで考え込んだ。

「忠矢さんが嫌だというのだったら構いません。俺と竜吉のふたりだけで、槍三さんを助けてみせます」

「そこまで言われてここで降りれば、あとで何を言われるか分からないな」

そう告げた忠矢の頭の中には、斉藤と名乗った黒ずくめの恰好をした浪人の顔が浮かんでいた。

四

忠矢はいったん答えを保留した。

茶屋に槍三と清兵衛を残し、鹿島神宮を詣でることにした。結論は戻るまでに出すつもりだった。

泰平の世が続いても、いや、泰平の世が続いたからこそ、復古的な動きが起こったのであろう。今日の鹿島神宮の参拝客は、目立って武士の姿が多い。

おや、と思わず忠矢は振り返った。まるで戯作本に描かれた宮本武蔵のような恰好をした体格のよい若者が幟を背にして通り過ぎていったからだ。

白い幟には、黒々とした太い字で「諸国剣術修行中」と書かれている。

忠矢は、苦笑した。いまの世において、剣の腕で仕官するなど奇跡に近い。剣の修行をして何になるというのだろう。

世の中には様々の考えを持つ者がいる、と思い直し、忠矢は拝殿へと向かった。

拝殿は歴史を感じさせる立派なものだった。

手を合わせた忠矢は、

(この目論見がうまくいきますように)

と祈っている自分に気づいて苦笑した。まだ迷っている部分が残っているものの、心の底では檜三の依頼を受けたいと思っていた。

勘違いにしろ、ここまで人に頼られたのは久しぶりである。しばらく忘れていた経験である。悪い気がするわけがない。

　いっぽうで、もし忠矢が水戸藩士でないことがばれれば、ただでは済まない。さらに水戸中の笑い者になるだろう。水戸で笑い者になることは、死ぬよりつらい。

（いや、ばれるものか）

　忠矢は弱気になりそうな自分を慌てて鼓舞しながら、歩を進めた。

　奥の院へとまっすぐに続く参道は、砂利が敷き詰められていないので歩きやすかった。

　参道の両側に生えている樹木の枝葉は中央まで大きくせり出し、空が見えないほどに茂っているので落ちてくる陽射しは柔らかい。

　奥の院を経て、要石の前まで来た忠矢はあまりにも石が小さいことに驚いた。目の前の要石は、記憶の中の大きさより遥かに小さく見えたからだ。

　人の記憶など曖昧なものだ。要石のように有名なものですら記憶違いをしている。時が経てば、無名の者など、この世にいたことすら忘れられてしまう。光陰矢の如しと清兵衛は言ったがその通りだ。

　まとまらない考えを頭に浮かべながら帰り道を行くと、人だかりができていた。

先ほどの手妻のように、またもや見世物かと思った忠矢だったが、神聖な敷地内では興行は許されないと思い直した。

「おのれ、愚弄するか」

そのとき、人だかりの先から甲高い声が響いた。

忠矢が一歩前に出ると、先ほどの幟を背負った大柄な若者の姿が見えた。もうひとりは、初老の小柄な武士だ。髷もかなりの部分が白くなっていて、全体に覇気が感じられない。何か答えているのだが、低くてよく聞き取れなかった。

だが、初老の武士の答えに若者は顔を真っ赤にした。

幟を乱暴に投げ捨てると、股立ちを取ったうえで、刀の柄に手を掛けた。

思わず忠矢は人混みを掻き分け、前のほうへ移動した。

真っ赤になって怒りを露わにしている若者に比べ、初老の武士の態度はいかにも落ち着いてみえる。

「腰抜けと言われたくなければ、尋常に勝負いたせ」

若者は語気荒く、挑発した。

「神聖な地を血で汚す愚かさも分からぬのか。そんな馬鹿者の相手などできぬ」

前のほうへ来たところで、やっと初老の武士の言葉が聞き取れた。それほどまでに、低く、小さな声だ。

「ならば、神宮の外に出ろ。ひとを間抜け呼ばわりしておいて、逃げることは許さぬ」

若い男は、その恰好通り、自らを宮本武蔵の生まれ変わりだとでも思っているのだろうか。堂々とした体軀（たいく）からは若い自信が漲（みなぎ）っている。

取り囲んだ多くの町人の顔からは、どうなるのかという緊張感が漂っていたが、

（いかにも、危うい）

忠矢は若い男と初老の男を交互に見た。危ういのは、若い男のほうだ。大きな身体と大きな声、そして若さで、吹けば飛びそうな初老の武士など取るに足らないと高を括（くく）っているようにみえた。

「どうしても勝負せぬと帰さぬと申すのか」

初老の男の声は相変わらず落ち着いている。その痩軀（そうく）に隙（すき）はなかった。

「貴殿の帰る家はもうない。待っているのは、三途（さんず）の川の渡し舟だ」

「安い芝居の文句のようだ。およそ本物の武士から出る言葉ではござらぬ」

「おのれ」

一蹴されたのは考え抜いた台詞だったのだろうか。若い男は赤くなった顔に青筋まで立てて、歯嚙みした。

「ここでこうやって人だかりができてしまっては通行の邪魔だ。よかろう、勝負してやろう」

初老の男は懐に手を遣った。

同時に刀を抜いた若者の腰が低くなった。

だが、初老の男が取り出したのは扇子だった。

初老の武士は、取り出した扇子を勢いよく開いた。

そのまま、前方に軽く投げた。

扇子がひらひらと地面に落ちる。

「何を――」

口を開き掛けた若者の喉元に、いつの間にか初老の男が繰り出した脇差（わきざし）が突きつけられていた。

「尋常の勝負では負ける俺ではない。手妻のような真似をして、卑怯（ひきょう）な」

喉元に脇差を突きつけられても、若者は負け惜（お）しみを言った。

「ここで刀を止めたのは、死ぬ前の一言を聞いてやるためだ。それが末期の言葉でよいのだな」

今まで眠っていたかのように細かった初老の武士の目がかっと見開かれた。

「待て。待ってくれ」

その表情を見て、若者の顔は蒼白になった。

「勝負とは、命の遣り取りだ。負けたからには、当然死ぬ覚悟があるのだろう」

初老の武士は低く告げた。

「謝る。この通りだ。許してくれ」

若者は突然、土下座をすると、頭を地面に擦り付けた。

「その幟には何か書いてあるようだが」

初老の男が「諸国剣術修行中」と書かれた幟に目を遣ると、

「これは真っ赤な嘘にございます。こう書いておくと今まで手向かって来た者はおりませんでした。小遣い稼ぎに書いただけにございます」

若者は一気に言い切ると、幟を破り捨てた。

「世の中は広い。昨今では腰の抜けた侍ばかりが闊歩しているが、中には本物もいる。本物の中には、黙っておまえを串刺しにする者もいるはずだ」

脇差の目釘を改めていた初老の武士は淡々と告げた。

「金言、胸に刻んでおきます」

若者は再び額を地面に擦り付けた。

「行け」

初老の男の声に、若者は脱兎のごとく逃げ出した。


「お見事な腕前でござった」

しばらく経ってから、忠矢は初老の武士に声を掛けた。

「何も特別なことはしておらぬ」

初老の武士はにこりともせずに答えた。

「いまの世は、尋常のことが特別なことになり申した。あの若造のように体格も態度も堂々とした者に凄まれると、大抵の者は逃げ腰になってしまうのでしょう」

「貴殿はいかがだ。そこまで偉そうな口を利くからには、若造と呼んだあの男を跳ね返せたのであろうな」

初老の武士は射貫くような目つきで忠矢を睨んだ。

忠矢は神道無念流の免許を持っている。あの隙だらけの若者相手であれば、目の前の男のような振舞いは可能だ。

（だが、自分だったら端(はな)から相手にしない）

と思う。

小生意気な若造を一蹴すれば、溜飲(りゅういん)は下げられるが、腹は満たされない。それに、どんなに実力に差があっても、真剣勝負には万が一の危険が常に伴う。相手にしても何の得にもならない。

「十中八九あの者を斃(たお)すことはできると思いますが、浪人の身であれば相手を斬ってしまっても斬られても何の得にもなりませぬ。よって、十中八九剣を抜くことはないでしょう」

少し考えたあとで答えると、初老の男は怒ったような顔で忠矢を凝視していたが、

「貴殿は正直な御仁(ごじん)とお見受けした。それがしは向井半蔵(むかいはんぞう)。致仕して役立たずの身にござる」

いきなり頭を下げた。

「手前は、飛田忠矢にございます。手前も同じようなものでございます」

慌てて忠矢も頭を下げ返した。

「主持ちでは、ああいった荒療治はできませぬ。そう考えると、風のように自在の身になったともいえますな」

半蔵が浮かべた笑みの中にはどこか寂寥感が漂った。

「ところであの若者はどのような難癖をつけてきたのでございますか」

半蔵のなかの寂しさをわざとみようとしないで、忠矢は尋ねた。

「奥の院から要石に通じる狭い道の右側を歩いておったので、それがしが注意したのでございます」

「わざと挑発したのではございませぬか」

確かにそれでは忠矢とて注意したくなる。右側を歩けば、自分の左側と相手の左側がすれ違うことになる。左の腰には、武士は両刀を手挟んでいる。刀と刀が触れるのは、極端に嫌われた。ここから「鞘当て」という言葉もできたほどだ。狭い道では左側を歩くのは武士としての常識だった。

「知っておっての振舞いならまだよい。だが、奴は武士として知っておらねばならないことを本当に知らなかったのです」

忠矢は言葉を失った。近ごろの風紀の乱れは著しい。

「ところで、貴殿は鹿島にはいかなる祈願で」

思い直して、忠矢は問い直した。

「そうですな、死に場所を求めてであろうか」

「死に場所――」

「冗談にございます。なれど、それがしももう六十になりました。いつ死んでもおかしくない歳だ。死ぬ前に、昔落としたものを拾う旅に出たのです」

「落とし物ですか……」

分かったような、分からないような答えに忠矢は曖昧にうなずいた。

「そうです。貴殿はまだお若い。もし道に迷うことがあれば、常にまっすぐ行くことです。そうすれば、儂(わし)のように後悔することはありません」

忠矢は半蔵の言葉に驚いた。まるで武甕槌大神(たけみかづちのおおかみ)が半蔵の口を通じて神意を告げているかのように思った。

「お言葉ありがとうございます。もう少しで、手前も落とし物をするところでした」

忠矢は吹っ切れた思いで頭を下げた。

「武運長久(ぶうんちょうきゅう)をお祈りします」

半蔵もきっちりと頭を下げ返した。
忠矢はすがすがしい気持ちになりながら、その場を去った。

第二章　七人の負け犬

一

　忠矢、清兵衛、槍三に竜吉を加えた一行を乗せた舟は、霞ヶ浦の湖岸沿いをゆっくりと進んでいく。左手にはどこまでも広がる霞ヶ浦の湖水が続き、右手には陽射しに照らされた稲が風に揺れている。

　やがて舟は城下川の手前を右に折れ、新川河岸へと入った。この河岸は、新庄家の御用河岸として造られたもので、米、薪、油など生活物資の物流拠点になっていた。規模はさほど大きくないものの、何艘もの舟が係留されている。その中でもひときわ立派な高瀬舟は参勤交代の際などに使う御用舟であろう。河岸の横には、米蔵と思われる白い蔵が立ち並んでいた。

新川河岸で舟を降りると、比較的新しそうな観音堂(かんのん)が目に入った。ちらほらと参拝客の姿が見えるが、辺りはのんびりとした田舎(いなか)の風情(ふぜい)が漂(ただよ)っている。

四人は霞ヶ浦を背にして、北上した。竜吉は手妻(てづま)道具が入っているのだろうと思われる大きな葛籠(つづら)を背負っている。小柄な竜吉より大きいくらいの葛籠だ。清兵衛も何が入っているのか、黒い布で覆われた大きな籠(かご)を背負っていた。

ほどなくすると、道の両脇に店が並ぶようになった。「めし」「そば」と白抜きした幟(のぼり)を出した一膳飯屋(いちぜんめしや)や饅頭(まんじゅう)屋、塩や油を扱う店、酒屋などが並ぶ。こぢんまりとしてはいるが、それでも城下町らしい華やかさが漂っていた。

南北朝時代の建立(こんりゅう)と伝えられる天台(てんだい)宗の古刹(こさつ)・蓮城院(れんじょういん)の角を折れると、道幅はいくぶん広くなった。陣屋への表門へと続く大手道だ。

蓮城院を越えると、幅二間(けん)（約三・六四メートル）にも満たない狭い堀があった。助走すれば飛び越えられそうな幅の堀だが、擬宝珠(ぎぼうし)を持った赤い跳上げ式の橋が架かっている。橋の向こうには刻んだ時の長さを感じさせる古めかしい表門がそびえていた。その表門は堅固そうだが、すぐ横に続く板塀は、強く押せば穴が空きそうな代物(しろもの)でしかない。

新庄家が麻生に入ったのは、慶長(けいちょう)九年（一六〇四年）、直頼(なおより)の代である。当時は、厳しい築城規制が敷かれていた。その規制の中で建てられた外様大名の陣屋であるから、要塞としての能力が低いのは無理もない話だ。

堀は狭いが、堀と表門の間は火除地と呼んでもいいほど広い。堀から表門までの距離は三十間（約五十五メートル）ほどもあろうか。見世物小屋が建ってもおかしくない広さである。

跳上げ橋を渡った槍三は表門へは向かわず、広場を右手へと進んだ。広場の奥には、藩士の屋敷が並んでいた。

「こちらの茅屋へどうぞ」

槍三は古ぼけた冠木門のある屋敷へ三人を案内した。

「ぞうおく、って何だ」

難しい単語を聞いて竜吉が首を捻った。

「ぼうおく、にござる。あばら家のことです」

槍三は説明を加えた。

「なるほどね。それにしても、幽霊でも出そうな屋敷だなあ」

槍三の言葉を聞いているのか、いないのか、竜吉は辺りを心配そうに見まわした。

「それがしの屋敷にございます。幽霊が出るとしたら、死んだ家内でしょう」

槍三は真面目な顔をして答えた。

「勘弁してくれ。俺は幽霊と雷は大の苦手だ」

竜吉は大袈裟に震える真似をしたが、忠矢は玄関の横にある大きな石が気になった。石は丸く加工してある。

「これは力石ではありませんか」

忠矢は言った。力石とは力比べのときに持ち上げて使う石である。

「ええ。まあ……」

槍三は言葉を濁した。

「これだけ大きな石ともなると力士でもないと、持ち上がらないな」

清兵衛も感心したように言った。

「この中じゃ持ち上げられるのは俺と槍三さんくらいだろう」

それを聞いて竜吉は冗談めかしたが、

「では挨拶代わりに、持ち上がるかどうかそれがしが試してみましょう」

おもむろに槍三は言うと、もろ肌を脱いだ。草履も脱ぎ捨てた槍三は両手の指を石の下部に掛けた。逞しい筋骨が躍動する。

「むん」

大きな気合を入れると石は持ち上がった。腰の辺りまで持ち上げた槍三は数歩先まで石を運んだ。

「驚いたな」

竜吉は目を丸くしていたが、忠矢も槍三の馬鹿力には舌を巻いた。

「竜吉殿もお試しになりますか」

槍三は上気した顔で言ったが、

「いや、俺は明日の楽しみにとっておくぜ」

竜吉は首を横に大きく振った。

その後、槍三はひとり陣屋へと向かっていった。

槍三の屋敷にはいくつか部屋があるが、通された居間は自在鉤がぶら下がった囲炉裏があるだけの殺風景な部屋であった。

「兄貴、槍三さんはいくら出すって言ったんだ」

槍三がいなくなると、思い出したように竜吉が口を開いた。

「おまえの頭の中にあるのは銭勘定だけか」

清兵衛は呆れたような口調で言ったが、

「もちろんだ。芸人の格は給金の額によって決まる。多くもらえればそれだけやる気が出るし、少なけりゃそれなりの対応しかできねえ」

竜吉は堂々とした態度で言い返した。

「ならば教えてやる。三十両だ」

「なんだと。礼金の話までしていたのか」

清兵衛の返事に忠矢は驚いた。清兵衛が金の話をしていたとは初耳だった。しかも、礼金は大金だ。

「竜吉はロハでは動かない男です。忠矢さんにも言おうと思ったんですが、槍三さんが提示してきた額があまりにも多かったんで、つい言いそびれていました」

清兵衛は素直に頭を下げた。

「礼金の多さは新庄家の本気の度合いの高さだ。失敗したら命はないと考えたほうがよいぞ」

「失敗だって。いったい誰に向かって言ってるんだ」

忠矢としては半ば脅かすつもりで言ったが、竜吉にぞんざいな物言いで逆襲された。

「お主は威勢よく申すが、相手はあらくれどもの集まりだ」

「結構なこった。変に利口ぶったやつより、あらくれのほうがよっぽど扱いやすい」

「よいか、しくじれば命がないと申しておるのだぞ」

目の前の猿顔の男は身に迫った危険というものをまったく理解していないと思って忠矢は先ほどの言葉を繰り返した。

「手妻を演じるときはいつだって命懸けだ。俺は侍が真剣で勝負するような気持ちで演じてるんだ。見くびってもらっては困るぜ」

「笑止。斬り合いになれば、文字通りどちらかが死ぬ。だが手妻の種を見破られても死にはしない」

だんだん、忠矢もムキになってきた。

「手妻師が仕掛けを見破られれば、その場所では二度とその手妻を演じることはできねえ。手妻を演じられなけりゃ、俺たちは飢え死にだ。その場で死ななくとも、死んじまうことに変わりはねえ」

「ならば喜べ。今回は失敗すれば飢え死にではなく、新庄の殿様が自ら手打ちにしてくださるぞ」

「竜吉、いい加減にしないか。忠矢さんはおまえのためを思って忠告してくれているんだぞ」

　そこに堪りかねた様子の清兵衛が仲裁に入った。

「兄貴、ちいと聞いておきてえんだが、今回の仕事を失敗してもいいと思って受けたのかい」

　意外なほど竜吉の目は鋭かった。

「冗談言ってもらっちゃ困る」

　清兵衛は即答した。

「ならば失敗したときのことなんか考えちゃいけねえ。高いところに架かった細い橋を渡るコツは下を見ねえことだ。この忠矢さんは、崖の下を見ながら、落ちたら危ねえから気を付けろと言っている」

「何を――」

　申しておる、と言いかけた忠矢だが、竜吉の言葉の正しさに気づいて口をつぐんだ。

「何が見えますかい」

　その忠矢に、竜吉は右手をひらひらさせてみせた。左手には壺を持っている。

「何と申しても、手であろう」

忠矢が返事をすると、竜吉は宙から何かをつかむ真似をした。すると何も持っていなかったはずの右手には四文銭が握られていた。その銭を壺に放り込み、また宙から何かをつかむ真似をすると、再び四文銭が現れた。こうして竜吉は次から次へと銭を壺に放り込んでいった。

「目に見えるものがすべてというわけじゃねえ。世の中は目に見えない部分があるから面白いんだ」

銭を投げ終わった竜吉が言ったが、この言葉に忠矢はかちんときた。

「よいか、手妻はしょせん、虚構の世界のもの。虚構を人の世に持ち込んで、さも分かったかのように話をするものではない。世の中はおまえが思っている以上に厳しく、残酷なものだ」

現実の世の中ではできる事柄よりも、できない事柄のほうが圧倒的に多い。願い続ければ夢は叶うなどというのは戯言だ。大概の夢は叶わない。そんなことも理解せずに夢を見れば、目が醒めたときに辛くなるだけだ。

夢に目をつぶって、できない事柄だらけの中で、ささやかな喜びや守るべきもののために、苦しくともなんとか踏ん張って生きていくのが人生だ。

「世の中が厳しいのは、乗り越えたときにこれまで頑張ってよかったと思えるからだ。乗り越えられない苦難なんかあるもんか」

だが竜吉は顔を真っ赤にして、真っ向から反論した。

「やめねえか。それより忠矢さん、面白いものをお見せしましょう」

話題を変えようとしたのか、清兵衛は背負ってきた大きな籠を持ち出した。覆われた黒い布をどけると、中にはぬるぬるとした生き物がひしめいていた。

「そいつは……」

忠矢は驚きのあまり、言葉を失った。目の細かい格子の籠に入っていたのは、おびただしい数の蛇だったからだ。

「蝮ですよ」

清兵衛はこともなげに言う。

「かようにたくさんの蝮をどうするつもりだ」

「江戸で蝮は金になるんです。もっとも蝮以外の蛇もたくさん入っていますがね」

「助平な金持ちの親爺が蝮を黒焼きにした粉を争って買っていくんだ。蝮以外の蛇は増量用だ」

先ほどまで顔を真っ赤にしていた竜吉がにやりと笑いながら、口を添えた。

「蛇を売って小遣い稼ぎか」

忠矢は納得した。それにしても、元武士が蛇売りにまで身をやつすとは、なんともいえない気持ちだった。

「お待たせいたした」

そこに、槍三が戻ってきた。表情は明るい。

「話がついたようですね」

忠矢が尋ねると、

「いかにも。金子の件も三十両で上役の認可がおりました。つきましては、国家老がじかにお会いしたいとの仰せでございます」

槍三は忠矢を見た。

(いよいよか)

忠矢は緊張した。水戸と麻生は隣国であるがゆえに、国家老ともなればいろいろと付き合いもあるだろう。いっぽうの忠矢は二十年の間、水戸には帰っていない。

忠矢の不安などにはまったく気づいていないかのように、槍三は広場に続く立派な陣屋に案内した。

他の屋敷は藁葺であるが、陣屋は瓦葺で、骨太の木材で造られていた。玄関では、暖簾が風に揺らめいている。新庄家の家紋である左藤巴を白く抜いた紫地の暖簾が玄関によくなじんでいた。

当節では商家なみに広い玄関を持つ武家屋敷も多く見かけるようになったが、麻生陣屋は古き様式を踏襲している。全体の規模の割には狭い玄関だ。床は顔が映りそうなほど、よく磨き込まれていた。その陣屋内はがらんとしている。

「こちらでお待ちくだされ」

槍三は池の見える上の間に忠矢を通した。

こうして座っていると、本物の水戸藩士に戻ったような気がする。これまで取り戻したくてもどうしても取り戻せなかった主持ちの身分だ。

「お待たせしました」

そこにすっかり白髪頭となった武士が入ってきた。思わず、忠矢は畳に手を付いた。

「かような挨拶は依頼事をしておる手前どもがせねばならぬもの」

男は下座に座った忠矢を上座に座りなおさせたうえで、

「手前は新庄家家老の萩原喜兵衛にございます」

と、きっちり頭を下げた。

「手前は飛田忠矢、浪人の身でございます」

忠矢はことが露見しても、あくまでも先方が勘違いしたと言い張ろうと思い、あえて浪人者という部分を強調した。

「身分をお隠しになっても血は争えませぬな。手前は叔父上の逸民殿に教えを乞(こ)うたことがあります。面長(おもなが)な顔付きといい、涼しげな目元といい、貴殿は逸民殿にそっくりだ」

喜兵衛は斜視気味の目でしげしげと忠矢を見た。

「叔父とはしばらく会っておりませぬ」

忠矢が言うと、

「なるほど。過酷なお役目に従事しておられるのですな」

喜兵衛は勝手に感心している。

「手前どもは牛堀に集まっている者たちの真意を探り出して、報告すればよいのですね」

忠矢は話を前に進めた。

「いかにも。実情を探っていただき、悪だくみを見つけた場合はやめるように説得していただけないかと」

　後半は小声になりながら言い、喜兵衛はずるそうな笑みを浮かべた。

「お待ちください。彼らの目論見を探るだけでも大変なのに、それに加えて悪事を阻止せよとはあまりにも無理な注文にございます」

「無理かどうかは、説得する者次第でございます。手前どものような零細な家の紋では効果がありませぬが、水戸葵をちらりとみせていただければ向こうの腰も引けるでしょう」

「とんでもない。葵の紋をちらつかせるなど、それがしの独断ではできかねます」

　忠矢は慌てた。葵などちらつかせたら、単なる嘘では済まなくなる。

「いえ、実際に紋をみせびらかす必要はございませぬ。水府の影をちらつかせるだけで、向こうも事態を悟るでしょう」

「お待ちください。水戸家は麻生家の私闘には係わりませぬ」

　忠矢は先ほど水戸の丸山が話していた内容を思い出して、言った。

「重々、承知しております。尋常であれば、天下の水戸家が麻生一万石に手を貸すなどできない芸当。ですが、単なる芸人が金目当てに手を貸したとなれば話は別です」

（そうか）

金は、あくまでも雇ったのは芸人だと思ったと言い逃れするためであり、金額の多さは餌だ。忠矢は喜兵衛のしたたかさを思った。

「調査だけならまだしも、説得となると少し考えさせていただきとう存じます」

忠矢には考える時間が必要だった。

「結構でございます。ですが、事態は差し迫っております。今晩はごゆるりとお休みになり、明朝によいお返事をお聞かせください」

喜兵衛はふたたび小ずるそうな笑みを浮かべながら、頭を下げた。

忠矢たち三人は、御堀内にある組屋敷の一室を与えられた。

「まずは俺ひとりで斉藤という浪人者を訪ねてみようと思う」

陣屋から戻った忠矢は清兵衛と竜吉に対して言った。

「問題は奴らの悪だくみを知ったときに、どう防ぐかですね」

清兵衛が腕組みをしながら答えた。

「防げるものか。たとえ俺が本当の水戸藩士であったとしても、ならず者どもが、はいそうですか、と言いつけを聞くわけがなかろう」

「そのときは、竜吉の手妻を使いましょう」

手妻などでうまく行くものか、と忠矢が言いかけたところで、

「失礼します」

声を掛けながらふたりの女が入って来た。ひとりは紺色の十字絣を着た色白の女で、もうひとりは黄色い絣を来た色黒の女だった。

「もう飯の時刻か。そういえば、腹が減ったな」

寝転がっていた竜吉は起き上がった。そのうえで、懐から扇子を取り出した。一回開いて、煽ったのち、再び閉じた。右手で持った扇子で宙を指し、すっと振ると、二輪の造花が出てきた。

唖然とした表情のふたりの女に、竜吉は花を差し出した。

「俺は竜吉ってもんだ。夢をみたけりゃ、呼んでくんな」

竜吉は猿のような顔とはおよそ縁遠い気障な台詞を口にした。

「由美と申します」

最初に名乗った女は、細身の身体に、透き通るような白い肌をしている。切れ長の目を持ち、整った顔立ちであるが、目付きの端々に挑むような光が灯ってい

る。

「佐々(ささ)にございます」

もうひとりは色黒で、子供のような愛くるしい顔をしている。こちらは由美とは対照的なくらい人懐(ひとなつ)っこい表情をしている。

ふたりとも領内の百姓の娘で、陣屋には二年の間、女中奉公に来ていると佐々が説明した。由美は国家老の萩原家、佐々は江戸家老を勤める畑(はた)家に上がっているという。

挨拶を終えたあと、ふたりは手際よく、夕食の支度を始めた。

野菜と名も分からない川魚の入った鍋と香(こう)の物が用意された。おひつには雑穀を混ぜた五分搗(づ)きの米が入っていた。さらに、一人あたり二合の酒が供せられた。

「こうも暑いのに、鍋か」

清兵衛は、うんざりしたような表情を浮かべたが、

「嫌なら食わなくていいぜ」

竜吉は健啖家(けんたんか)のようだった。しきりに箸(はし)を動かしている。

やっと辺りは暗くなってきたが、田舎(いなか)の夜は何もすることがない。

身体は小さいくせに竜吉は、ご飯も鍋ものもひとりで盛んに口にし、食べ終わるとすぐに横になった。そのまま、いつしか寝息を立てていた。

「忠矢さん、この者の無礼を許してほしい」

酒を口に運びながら、清兵衛は軽く頭を下げた。

「ああ。無知ゆえに乱暴な口を利(き)くのだと分かっているのだが、腹が立ってしまう。それがしも肚(はら)ができていないな」

「奴は夢が着物を着て歩いているような男です。がさつだが、憎めない。俺はいつの間にか奴の夢に乗せられてしまったのです」

「夢か。久しく使った覚えのない言葉だ」

「夢を語るためには、語れるだけのことをしなければならない。俺は竜吉が手妻を稽古(けいこ)するところを何度も見ています。竜吉は、朝のうちに握り飯をかじっただけで、あとは水しか口にせず暗くなるまでぶっ続けに稽古をするんです。夜になると、倒れこむように寝てしまう。俺は武士のときも、花火職人のときもそんなに真剣に仕事に取り組んではいなかった」

竜吉の自信は稽古量の多さに起因しているのか、と忠矢は感心した。同時に、清兵衛の言葉は忠矢自身に対する問い掛けでもあった。

（精根尽きるまで何かを成そうと頑張ったのはいつが最後であっただろう）

横になった忠矢は思った。少なくともここ最近では記憶がない。

今日は疲れた。

いつの間にか、忠矢は激しい睡魔に襲われていた。

二

翌朝、忠矢は早い時刻に単身で牛堀へと向かった。

麻生から牛堀は一里の距離である。

霞ヶ浦にほど近い牛堀は、葛飾北斎の『富嶽三十六景』では常州牛堀として、富士山を望む静けさ漂う景勝地として描かれているが、実際には数多くの旅籠が並び、花街もある賑やかな宿場だった。

というものの、さほど広い街ではない。斉藤の泊まっている宿はすぐに分かった。

「こちらに斉藤殿が泊まっておられると聞いたのだが」

《しの屋》と書かれた吊看板を揚げた旅籠に忠矢は訪いを入れた。二階建ての規模の大きな旅籠である。

「へえ」

応対に出た店の若い衆が引っ込むと、しばらくして荒い足音がした。

「斉藤に何か用か」

現れたのは斉藤ではなく、知らない顔だった。がっちりとした身体付きで、緋色の派手な陣羽織を身にまとっている。まだ若い。三十代の半ばくらいであろうか。三白眼の目尻は吊り上がっており、癇性の質を感じさせる。

「手前は飛田忠矢と申す者。こちらに働き口があると聞いて参った」

忠矢は本名を告げてしまったことをちらりと後悔しながら、軽く会釈した。

「ふざけるな。ここには、斉藤などと申す男はおらぬ。さしずめ、おまえは間者であろう」

男は厳しい顔付きをして、怒鳴りつけた。

「何を申される。間者がのこのこと表玄関から入ろうとするわけがなかろう」

忠矢は男の剣幕にたじたじとなりながらも抗弁した。

「いや、この古井抱月の目に狂いはない」

抱月と名乗った男はいきなり抜刀した。見開かれた大きな目の奥では暗い炎が燃えている。その気勢に押されてじりっと忠矢は後退した。そのまま表に出ると、いつの間にか背後は浪人者で固められていた。

「誤解だ。手前は怪しい者ではござらぬ」

忠矢はなおも主張したが、

「ほざくな。嘘はばれておる。斬ってしまえ」

抱月の言葉に後ろにいた浪人は抜刀し、忠矢を取り囲んだ。朝日を浴びて白刃がきらめく。抱月は冷酷な笑みを口辺に漂わせていた。

（これまでか）

忠矢は観念して、敵と正対することにした。股立ちを取ると、草履を脱いだ。鯉口を切って刀の柄に右手を載せているものの、まだ抜刀はしていなかった。

自分を囲んでいる浪人の人数を数えると八人である。囲まれたままでは勝機はない。

輪のどこか一端を切る必要がある。輪が線、線が点になるに従って勝機も高まる。忠矢は慎重に自分を囲んでいる浪人たちに目を遣った。

（あいつだ）

八人の中で最も弱そうな男に目星を付けた忠矢は、機会を窺った。その男か

ら切り崩し、活路を拓く狙いだった。だが、

「俺が自らの手で屠ってやろう。安心するがいい。亡骸は丁重に葬ってやる」

包囲網の中から抱月がずいと一歩前に出た。

「お主に斬れるか」

忠矢は応じたが、喉はからからに渇いていた。

「おとなしく斬られたほうが痛くないぞ」

いっぽうの抱月は多勢を恃んで余裕がある。

忠矢は抜刀した。その上で、正眼に構える。

対する抱月は上段に構えを取った。大きく構えていながら、隙がない。遣い手であるのは間違いなかった。忠矢は抱月と対しながら、ほかの七人の動向にも注意を払っていなくてはならない。圧倒的に不利だった。

(気持ちで負ければ、勝負にも負ける)

忠矢は勝ち負けを度外視することにした。この状況で気合負けしないためには、無心になることだ。目を細め、吐く息を長くした。すると、抱月の息遣いが聞こえてきた。忠矢の身体から力みが消えた。

「その辺でいいだろう」

いきなり背後から大きな声が掛かった。振り返ると、斉藤と名乗った浪人が立っていた。

「この者は間者ではないようだ。それに凄腕だ」

今日も全身黒ずくめの斉藤は懐手をしたまま言った。

「この短い間にそこまで分かったと言うのか」

抱月は刀を鞘に納めながらも、顔には不満そうな表情が覗いた。

「長い時を掛ければ分かるというものではない。貴殿、あのままでは危うかったぞ」

斉藤は真剣な表情で言ったが、

「勝負は終わるまでわからぬものだ」

抱月はせせら笑うように答えた。

「その台詞はそれがしに勝ってから言え。飛田殿は、俺に従いてこい」

斉藤は忠矢を旅籠の中に招き入れた。

二階の客間に上がった斉藤は茶を出させたうえで、

「お主の腕なら特別に三両払おう。前払いで一両、すべて終わってから二両だ」

と告げた。

「貴殿がここの大将というわけか」

忠矢は斉藤の誘いにはまだ答えず、問いを返した。

「いや、人を使うのは俺の性に合わぬ。藤本湛山という男が仕切っている。さきほどの古井と俺が副将格だが、腕は俺のほうが上だ」

忠矢の問いに斉藤は淡々と答えた。

「そうか……。いまどき三両とはうまい話だな。何日間働けばいいのだ」

忠矢は問いを重ねた。

「今日を含め四日間だ。三日は待機しているだけだ。それから半日働いて三両になる。悪い話ではなかろう」

「悪い話ではないどころか、話がうま過ぎる。さぞ、危険な目に遭うのではないか」

「暖簾のように頼りない陣屋を襲うだけだ。危険などどこにもない」

「陣屋だと?」

忠矢が言葉を繰り返すと、

「今の台詞は忘れろ。明後日にははっきりしたところを教える」

斉藤は珍しく慌てた顔付きになって言った。

「見たところ、ここには大人数が集まっておるようだが何人くらいいるのだ」

忠矢は話を変えた。

「三十人といったところだ。どうだ、受けるのか、受けないのか」

斉藤は苛ついたような口調になった。

「分かった。受けさせてもらう。だが、今日は所用がある。世話になるのは明日からでもいいか」

そう言うと、斉藤はじっと忠矢を見つめていたが、

「いいだろう」

やっと返事をした。

三

（陣屋を襲うとは何の話だろう）

忠矢はゆっくりと歩を進めながら考えていた。

いま、陣屋に新庄家の家人は四人しかいない。空に近い陣屋を襲ってどうするつもりであろう。理由が分からなければ悪だくみを防ぐことはできない。

しかし敵の悪だくみの真意を知り得たとしても、防ぐ手立てはないから同じことだ。旅籠で忠矢を迎えた抱月の殺意は本物だった。もしこちらの真意がばれたなら、たとえ忠矢が水戸藩士であったとしても、闇から闇へと葬られてしまったに違いない。

表玄関から行って無理なのであれば、清兵衛の言うとおり、竜吉が持つ未知の力に頼るしかなさそうだった。

陣屋に戻った忠矢は槍三の屋敷に清兵衛と竜吉を集めた。

「というわけで、牛堀にたむろしている連中は三日後に麻生陣屋を襲う計画だ」

忠矢が知り得たことを話し終わると、部屋の中には一瞬の沈黙が流れた。

「とぐろを巻いているのは、単なる脅しではなく、武力を行使する肚か」

清兵衛はそれだけ言って、ごくりと唾を飲み込んだ。牛堀に集結しているのは烏合の衆ではない。飛ぶ鳥を落とす勢いの町奉行・鳥居甲斐守の一味である。豪胆で鳴らした清兵衛もさすがに緊張しているに違いない。槍三も腕を組んだまま、渋い表情をしている。

「相手は三十人。陣屋にも何人かお侍は残っている。兄貴も忠矢さんも腕に覚えがあるし、襲撃の翌日には新庄の殿さまも戻ってくるって話だ。要は陣屋を一日守り抜けばいいだけの話じゃねえか」

竜吉だけは屈託のない表情で、明るく告げた。

「襲ってくるのはただの三十人ではないぞ。中には相当な手練れがいるに違いない」

忠矢は、只者ではない雰囲気を醸し出していた斉藤や、刀を抜いて対峙した古井といった顔を思い出した。

「忠矢さんは相撲で鰐石に勝てますかい」

竜吉は突拍子もないことを言いだした。鰐石とは後に剱山と四股名を改名する天保年間の名大関である。

「何を申す。相撲でそれがしが相撲取りに敵うわけがなかろう」

忠矢は一笑に付した。

「確かに相撲の土俵の上なら勝ち目はない。ならば刀を取り合って向かい合ったらどうでしょう」

竜吉が何を言いたいのか、忠矢にも分かってきた。

「だが――」

「敵を知り、己を知れば百戦負けないとかなんとか。まずは陣屋を知る必要がある。槍三さん、陣屋の地理を教えてもらえますかい」

こちらは受け身だ、と言おうとした忠矢を遮って、竜吉は槍三に向かい合った。

「承知いたしました。陣屋地の面積は八千百六十坪（約二万七千平方メートル）。宗之台池から引いた水で作った堀に囲まれた敷地は、ほぼ正四角形ですが、南北が幾分か長く、おおよそ九十間（約百六十四メートル）、東西は八十間（約百四十六メートル）。堀までの距離は北面が最も広く、西面が狭くなっております」

槍三は床に広げた絵図を指差しながら、すらすらと答えた。

八千六百坪の敷地内には、三百九十坪（千二百九十平方メートル）ほどの陣屋をはじめ、重役の屋敷、中下藩士の屋敷や組長屋、細工小屋、馬小屋、物置などが配置されていた。

四方を二間に満たない堀で囲み、堀と陣屋の間に重役の屋敷をはじめ、勤番武士の長屋、細工小屋、馬小屋、物置などを配置している。

東には大手道から続く表御門、北側には田町御門を設け、陣屋の周囲は土手、土塀、柵で囲んでいた。

「陣屋といっても、結構広いんだな」

竜吉は出された干芋をほおばりながら言った。

「こちらには新庄家の家人が槍三殿を含め四人、それに我らを含めて七人しかおらぬ。その人数で三十人もの浪人を相手にせねばならぬのだぞ」

「刀を遣えねえ俺を除いた残りの六人で、その三十人を相手にできるかい」

忠矢としては真剣に言ったつもりだったが、竜吉は難題を簡単なことのように問い返してくる。

「しばし待っていただきたい。残っている当家の家人と申されても家老の萩原喜兵衛は老人で数のうちには入りませぬ。それに、それがしは――」

「その怪力だから、ゆうに二人分はこなせるというわけか」

慌てたように槍三が口を挟んだが、途端に竜吉に遮られた。

「まあ……。それに残った中根(なかね)という者の腕は当家でも一、二を争いますが、もうひとりの前田(まえだ)は剛の者と申すことができるかどうか」

槍三はなおも自分のことについて何か言いたげにしていたが、ほかの家人の話をした。

「たとえ六人が遣い手だとしても、相手の中にも斉藤や古井といった遣い手がいないぞ」

る。藤本と申す大将も相当遣うであろう。相手は烏合の衆が集まった三十人では

「そこまで言うんだったら、もう少し援軍を求めるか」

忠矢の言葉を聞いて、竜吉は渋々といった表情で告げた。

「ならば、それがしに心当たりがある」

すぐに忠矢は半蔵の顔を思い浮かべた。

問題は、楽隠居といっていい半蔵がこのように危険極まりない任務を引き受けてくれるかどうかだった。

鹿島神宮へ行くと、半蔵はすぐに見つかった。まるで十年前からそれが日課であるかのように、鳥居の前の茶屋に座っていたからだ。半蔵は開口一番、

「危険が伴うと申されるのだな」

と険しい顔をした。

「いかにもその通りでございます。自分たちの三倍以上はいると思われる敵と対峙しなくてはなりません」

「それほどの数の差があるともなれば、尋常であれば勝算などまるでない負け戦

だ。正義はこちらの側にあるのだろうか」

半蔵の問いに、忠矢は鳥居耀蔵と新庄直計の諍いについて話をした。ひと通り聞いていた半蔵はしばらく黙っていたが、

「大名たる者、かような旗本など放っておけばよいだけなのに、一万石という禄の少なさが余裕のなさに繋がったのかもしれぬな。だが、傭兵を集結させるなど甲斐の動きは言語道断。それにしても、どのように戦うつもりだ」

「こちらには策士がおります。作戦はその者の胸の中に」

「では、儂に駒のひとつになれ、と申すのか」

半蔵はさらに表情を険しくした。

「無理な話でした。申し訳ありません」

思わず忠矢は頭を下げた。半蔵のような人物を怪しげな企みに巻き込もうなどというのは、最初から無理な注文だったのだ。

そのまま立ち去ろうとしたが、

「どこへ行く」

背中に半蔵の声が掛かった。

「今の話はお忘れください。見返りは少ないのに、命を落とす危険さえある計画

です」

振り向いた忠矢はもう一回頭を下げた。

「引き受けよう」

その忠矢に向かって半蔵は思ってもいなかった台詞を投げた。

「何とおっしゃいましたか」

「儂は引き受けると申したのだ。やっと落とし物が見つかりそうだからな」

半蔵はにやりと笑って告げた。

四

自分の目で牛堀を見てから行くという半蔵を残し、忠矢はひとり先に陣屋へと戻った。

陣屋に戻ると、槍三が渋い顔をして待っていた。

「どうしたのですか」

忠矢は半蔵を仲間に引き入れられた喜びで気分は軽かったのだが、槍三の顔を見ると何事が起こったのかと心配になった。

「いやそれが、どうにも見栄えのよろしくない浪人がぜひ仲間に加わりたいと申し出てきたのです」

槍三の表情からすると、申し出てきたのは相当冴えない男なのだろうと想像された。

「どこで聞きつけてきたのでしょう。まさか槍三さんは、仲間募集中と書かれた幟でも立てていたんじゃないでしょうね」

「冗談ではありません。奴は、鹿島神宮での我々のやり取りをどこかで聞いていたのかもしれません」

「いずれにせよ、即座に断ってしまえばよかったじゃないですか」

苦笑しながら忠矢は言った。

「それが、竜吉さんがその浪人を妙に気に入った様子でして」

「竜吉が？　まあ、その男に会わせてもらえますか」

意外な言葉に軽い驚きを覚えたが、竜吉は人とは違う物差しを持った男だ。実際にその男に会ってみないことには何ともいえない。

「手前は榊孫竜と申す。武芸にお詳しければお分かりだろうが、四谷の北伊賀町に居を構えておられたかの平山子竜先生の一番弟子にござる」

槍三が連れてきた男は、頼む前から自己紹介をして胸を張ったが、食べ物がよくないのか血色は悪く、ひどく痩せぎすであった。ぎょろりとした目が特徴と言えなくもないが、どこにでもいそうな小柄な男だった。全体に薄汚れた感じがするのは、おそろしく年代ものの軽衫袴を穿いているせいであろう。

（歳は俺と同じ四十代後半と言ったところだろう）

忠矢は榊の年齢を値踏みした。それにしても、このような貧相な男を気に入ったという竜吉の気持ちが分からない。

「どこで陣屋の話を知ったのですか」

忠矢はまず一番疑問に思っていたことをはじめに尋ねた。

「手前は昨日まで牛堀の《しの屋》と申す旅籠に泊まっておりました。そこで、目付きの悪い浪人どもの悪だくみを聞き知ってしまったのです。義を見て為さざるは勇なきなりの言葉通り、危険を顧みずこの場に来たのでござる」

榊はそう言って、またもや胸を張った。

「その目付きの悪い浪人たちの悪だくみについて詳細はお聞きになられたのですか」

昨日までというと、俺とは入れ違いだったかと思いながら、忠矢は尋ねた。

「陣屋を襲うとか何とか申しておったが、細かい内容については聞いておりませぬ。ですが、儂が来たからには安心なさってよろしい。大船に乗ったつもりでおられよ」

「そこまでおっしゃるとは、腕に相当な覚えがあるのですか」

剣豪の雰囲気などまったくしない榊を見ながら忠矢が尋ねると、

「それがしの自慢はここにござる」

榊は自分のこめかみの辺りをトントンと人差し指で叩いたうえで、

「子竜先生は武芸百般だけでなく、農政・土木に至るまで諸事について究めておられた。その教えを引き継ぐのがそれがしです。人は生まれながら知るものにあらず、師に従って業を享く。人教えざれば道を知らず、道を知らざればすなわち禽獣より害あり、と山鹿素行先生も述べられておられます」

と、答えた。

「ちょ、ちょっとお待ちください。せっかくだがここは学問の場ではござらぬ」

止めなければいつまでも話を続けていそうな榊を忠矢は押しとどめた。

「いや、待つのはそこもとのほうにござる。これからがいいところなのです。素行先生は、人の持つべきものを中・道・徳・仁・礼・誠・忠に分け説明しておられる」

「せっかく訪ねていただいて恐縮だが、軍師ならもういます。ひとつの集団にふたりの軍師は必要ありません」

忠矢はこれ以上、講義を続けられるのは堪らなかった。

「榊さんは、軍師役だ」

そこに突然、竜吉の声が響いた。

「どういうつもりだ。お主が作戦を考えると申したのは口からでまかせだったのか」

振り向いた忠矢は竜吉がにやりと笑っているのを見て、思わずかっとした。

「血気ある類(たぐい)の者、人より知あるはなし」

榊がしたり顔で告げた。

「うるさい！」

思わず忠矢は榊に対しても怒鳴った。

「榊さんが軍師役といっても、恰好(かっこう)だけだぜ」

「何だ、その恰好だけと申すのは」

忠矢は頭に血が上ったまま、聞き返した。

「榊さんはいかにも安っぽい。だが、その分、余計な色がない。ごちゃごちゃ身体に色を塗りまくった御仁より使いやすいんだ」

竜吉は付け加えた。それを聞いた榊は一瞬、驚いたような表情を見せたが、

「人を安っぽい、とけなすとはいかなる所存か」

竜吉に食って掛かった。

「俺としたことが言い間違えたかな。正しくは、安っぽいうえに、偽物っぽい」

「何を申す。よいか、これでも儂は、四谷北伊賀町の――」

先ほどしたり顔で『血気ある類の者』と山鹿素行の金言を述べたくせに、自分の話となると、榊は顔を真っ赤にした。

「なかなか賑やかな様子だ」

そこにいかにも落ち着いた声がした。今度は半蔵が戻ってきたのだったが、見ると若そうな男を伴っている。

「よくぞ来ていただきました。このお方は向井半蔵殿と申されて、目にもとまらぬ居合(いあい)をお遣いになる」

忠矢は半蔵を一同に紹介した。

「向井半蔵です。年寄りゆえ、足手まといにならぬよう頑張る所存にございます」

半蔵は丁寧に頭を下げた。

「手前は新庄家家中の山本槍三にございます」

槍三も大柄な身体をきっちりと折り曲げて挨拶をした。

「俺は一蝶斎竜吉。手妻師だ」

誰にも物おじしない竜吉はぺこりと型通り頭を下げた。

「あともうひとり、元をただせば武士だった笹間清兵衛という者がおります」

忠矢が付け加えたが、

「儂は榊孫竜と申す。武芸にお詳しければお分かりだろうが、四谷の北伊賀町に居を構えておられたかの平山子竜先生の一番弟子にござる」

榊は忠矢の言葉を待たず、先ほどとほとんど同じ台詞を繰り返した。

「ほう、あの豪傑変人として鳴らした平山子竜殿か。平山殿は朝に長さ七尺の棒を、夕には四尺の居合刀を何百回も振ったと聞き及んでおります。平山殿の弟子であれば、貴殿も相当お遣いになるのであろう」

忠矢としては呆れる思いだったが、半蔵は興味を示した。

「子竜先生は武芸百般だけでなく、農政・土木に至るまで諸事を究めておられた。その教えを引き継ぐのがそれがしでござる」

これまた先ほどと同じ文句である。

(これでは剣のほうは、まるでだめだと言っているのと同じではないか)

忠矢は再び呆れた。

「それはそうと、牛堀で買い物をして参った」

半蔵も同じ気持ちだったのか、それ以上、榊に問うことはせず、話を変えた。

「何をお買い求めになられたのですか」

ほっとした思いで忠矢が尋ねると、

「一両二分でこいつを人買いして参ったのです」

珍しく半蔵はにやりと笑った。

「俺は買われたわけじゃねえ。金を立て替えてもらっただけだ」

それまで黙っていた男は威勢のいいところをみせた。どことなく擦れた様子で、斜に構えた態度が言葉遣いにも表れる。歳はまだ三十くらいに見える。痩せてみえるのは、頬がこけているせいであろう。顔色は悪く、どことなく暗い雰囲気が漂うが、よく見ると、切れ長の目と通った鼻筋を持つなかなかの色男である。しかも双子唐桟(ふたことうざん)に博多(はかた)帯の組み合わせという洒落者(しゃれもの)ぶりだ。その分、遣い手としての貫禄は感じられない。

「行儀の悪い奴だ。まずは皆の衆に対して名乗らぬか」

「谷頭(やがしら)だ」

半蔵に命じられて、若い男はぶすっとした表情で告げた。

「姓が谷で、名が頭ではなかろう。姓名を名乗り、きちんと頭を下げぬか」

半蔵はまるで自分の子供を叱(しか)るように言った。

「俺は、谷頭朋男(ともお)だ。以後よろしく頼む」

それだけ言うと、谷頭はさもやる気なさそうに頭を下げた。

「半蔵殿、この若者は一両二分も払うほどの腕を持っているのですか」

忠矢の問いに半蔵は谷頭が差している大刀の柄に手を掛けた。

「何をしやがる」

谷頭は防ごうとしたが、無駄だった。さっと半蔵が刀を抜くと、鞘の中からは竹光(たけみつ)が姿を現した。

「この通りにござる」

半蔵は竹光を返しながら、口をへの字に結んだ。

「どうせ、剣の腕はからきしだ。このほうが歩きやすくていいんだ」

竹光を鞘に戻しながら、谷頭はへらず口を叩いた。

「この者は刀を質屋に入れなければならぬほど金に困窮しておるくせに、着ておるものは上質だ。おまけに色街でどんちゃん騒ぎをし、挙句の果てに夜逃げならぬ、朝逃げをしようとして捕まっておったところをそれがしが拾いあげてやったのです」

「酒代が一両二分とはどれだけ飲んだのだ」

忠矢はまたもや呆れた。榊は生活苦が原因であろうが、谷頭は夜遊びのせいで血色が悪いのだろう。

半蔵の参加はありがたかったが、榊といい、谷頭といい、歓迎せざる者がやってきて頭数だけ増えるのは困りものだった。

「まあ、無芸大食ならぬ無芸大飲というやつですな。こやつは一両二分に値するほど雑用でこき使ってやりましょう」

「勝手にしやがれ」

半蔵の台詞に谷頭がうそぶいたところで、ふたりの武士が姿を現した。

「作事掛の中根です」

年嵩の武士がまず頭を下げた。

「萩原家中間、前田と申します」

続いて若いほうの武士も頭を下げた。前田のほうが背が高い。

「恐れ入りますが、お手並みを拝見させていただきたい」

忠矢が申し出ると、前田は露骨に嫌な顔をした。

「なぜ手前どもが部外の方に腕前を披露しなければならないのですか」

前田は不満げな表情を言葉にも表した。

「その点については、ご家老からのお言葉もあったであろう。飛田殿に協力してほしい」

槍三が頭を下げると、

「ならば、山槍殿がまず腕前を披露してはどうだ」

中根は意地の悪そうな笑みを浮かべたが、

「とは申せ、しょせん山槍殿だ。当家の恥をみせなくても済むように前田、腕っぷしの強いところをみせてやれ」

と続けた。

「仕方ないな」

前田は手にした木刀を、ひとつふたつ振った。なかなか鋭い振りだった。

常陸で剣が盛んな土地といえば、何といっても水戸である。尾張（おわり）、紀伊（きい）への対抗意識もあり、文武ともに熱心に行われた。

水戸家の陰に隠れる形ではあるが、隣国の笠間（かさま）・牧野（まきの）家八万石も逸材を輩出した家である。笠間藩の流派である唯心一刀流（ゆいしんいっとう）からは、挑んで来た水戸藩士を片っ端から一蹴したと伝えられる山本鉄之丞（やまもとてつのじょう）といった名剣士も現れている。

鹿島神流の鹿島神宮が近いとはいえ、水戸と笠間以外の常陸の諸家では、それほど剣は盛んではなかった。それでも、たすき掛けをした前田はやる気満々だった。

（新庄家の流派は、直心影流（じきしんかげ）か）

と思いながら忠矢は、手にした木刀の重さを確かめるように軽く動かしたが、素振りのひとつも行わなかった。

「用意はよいか」

前田は忠矢が声を掛けると、上背のあるところを武器にしようとしたのか、ことさら背（そ）を反らしながら、上段に構えた。

忠矢は木刀を無造作にだらりと下げたまま立っていた。そのまま、ずんと距離を詰めた。

前田は自分の間合いを取りたかったのだろう。慌てて後ずさりした。無駄な努力だった。

勝負は呆気なかった。

「せいっ」と掛け声もろとも忠矢は木刀を摺り上げた。次の瞬間、前田の喉元には木刀がぴたりと突きつけられていた。

「まだ、よい、と返事をしておらぬ」

前田はいきり立ったが、中根が押し留めた。

「おまえの敵う相手ではござらぬ」

「申したであろう。只今の勝負は、油断をしただけだ」

「真剣勝負なら死んでおったぞ」

中根は冷ややかな視線を投げつけた。

「くそっ」

前田は低く呻くような声を漏らして下がった。

忠矢が目礼すると、半蔵はにこりと笑いながら、

「中根殿の腕は手前が確かめよう」

と、木刀を受け取った。

「直心影流、中根由次郎。不作法ながら、よろしくお願い申す」

中根は半蔵に一礼した。

「無外流、向井半蔵」

半蔵は、中根を見据えたまま告げた。

中根は中背で小太りな印象を受けるが、膂力はありそうだ。

半蔵は低目の相正眼にとっていたが、ゆっくりと脇構えに直した。

(ほう)

忠矢は唸った。居合を得意とする無外流らしい構えだ。

同じ長さの木刀を使って、小柄な半蔵はどうやって、この構えから勝ちを拾おうとしているのだろうか。

しばらくの間、二人は視線を激しく戦わせたまま、小揺るぎもしなかった。

(これは——)

忠矢は、半蔵の目に灯った強い光を見た。真剣勝負のときに発せられるような、激しい光だった。

「とりゃあ」

呆れるくらいの時が経って、中根は大きな掛け声とともに踏み込んだ。いや、踏み込もうとした。しかし、踏み込めなかった。

次の瞬間には、「参り申した」と頭を下げた。

「打って来なければ、結果は分からぬ」

一歩退きながら構えを解いて、半蔵は静かに告げた。

「いや、ここで頭をかち割られては堪りませぬ」

中根の表情は真剣そのものだった。

「たわけたことを」

半蔵は、木刀を置いて下がった。

（中根殿の言う通りだ。半蔵殿の殺気走った気迫は、俺の比ではない）

鹿島神宮において、実力差のある若者に対しては余裕ある対応をみせた半蔵であったが、実力者の中根と向かい合うと、抜身の刀のような凶暴さを露わにした。

「飛び道具なら、負けねえのにな」

そのとき、ぼそりと低く呟いたのは谷頭だった。

「ほう、弓が得意と申すのか」

その台詞を聞いた前田は、ぱっと顔を輝かせた。

「本当の得意は鉄砲だが、弓でも大概の奴には負けねえ」

谷頭が答えると、

「ならば、弓で勝負いたそう」

間を空けず前田が誘った。前田は、なかなか負けず嫌いのようだ。

二人に従うようにして、一同は的場（まとば）へと移動した。

「先に外したほうが負けだ」

射場に先に入った前田は、やる気満々の様子で弓に弦を張った。

「弓と矢は、どれを使ってもいいんだな」

よい、との返事をもらうと、谷頭は弓より矢を気にしているようで、じっくりと矢を選んだ。

弓は無造作に選んで弦を張った。一度二度、肩入れをしてから、うなずいた。

「弓掛（ゆがけ）は、三つ掛か、四つ掛か。好きなものを使うがいい」

前田は箱に入った弓掛を勧めた。弓掛とは、弦を引く右手に着ける剣道の小手のような用具である。親指のほか、人差し指、中指を覆うものを三つ掛、三つ掛に加え薬指まで覆うものを四つ掛という。

「人の掛《かけ》など、使えるかい」

　谷頭は風呂敷から自分の四つ掛を取り出した。それを見た前田の表情が険しくなった。旅先にまで弓掛を持参している武士などほとんどいないからだろう。

「先に参る」

　前田は最初に弓を取った。斜面打ち起こしから、弦を引き絞った。気合のこもった会《かい》の後に放たれた矢は、乾いた音を立てて的の真ん中を貫いた。前田は鼻をひくつかせた。

　続いて、谷頭がさりげなく放った矢も鋭く的を射抜いた。

　二人は四手《よんて》（八射）を続いて的中させた。前田も言うだけの腕前は持ちあわせている。なかなかの手練れだった。

「これじゃ、埒《らち》があかねえ」

　何を思ったか、谷頭は手拭《てぬぐ》いで目隠しをした。その上で射た矢は、同じように的を貫いた。

「曲芸に過ぎぬ」

　前田は苦々しく吐き捨てて、自らは目隠しせずに矢を放ち、的中させた。

「合図をしたら、的を転がしてくれ」

谷頭は矢取りのために的場の近くにいた清兵衛に声を掛けた。

「よし」谷頭は弦を引き絞るなり声を発した。同時に転がっていった的に矢は中(あた)った。

「馬鹿らしくて、やっておれぬ」

完全に分が悪くなった前田は、鬼のような形相(ぎょうそう)で谷頭を睨(にら)んだ。それから、弦を緩めもせずに、足音高く弓場を去っていった。

五

その夜は槍三の屋敷で即席の宴会が始まった。

集まったのは、忠矢をはじめとして、槍三、清兵衛、半蔵、榊、谷頭、竜吉の七人である。こうしてみると、半蔵を一番の年長者として、忠矢、槍三、榊の年寄組があり、竜吉、谷頭、すこし年上の清兵衛の若者組があった。

「家老の萩原殿と竜吉は数のうちに入らなくとも、中根殿と前田殿を加えて八人の武士が揃(そろ)った。この人数ならば、策さえしっかりしていれば三十人ほどの浪人どもが襲ってきても何とか防ぎ得るでしょう」

いまだに竜吉の作戦は分からないものの、忠矢は突破口がみえてきたような気がした。とりわけ、半蔵を味方に引き入れられたのは大きい。これも秋恵の導きなのだろうか。

秋恵の遺言がなければ決して再び訪れることのなかったであろう常陸国で、こうして得難い知己を得られている。この先には輝かしい栄光が待っているのに違いない。きっと、この旅は未来へと繋がる旅なのだ。

「それにしても奴らは陣屋を襲撃して何をしようとしておるのだろうか」

半蔵の酒は静かな酒である。人の酌を断り、手酌でゆっくりと酒を飲んでいる。

「分かりませぬ。殿が国元に帰ってきたとき、占領した陣屋をみせて溜飲を下げるつもりでしょうか」

槍三も手酌だが、大きな身体をしているだけあって飲み方も豪快だった。

「要は陣屋を占領されなければいいだけじゃねえか」

竜吉は小柄な割に大食漢だが、酒は強くなさそうだ。少量の酒で顔を真っ赤に染めている。

「刀も遣えぬくせに、たいした自信だ」

忠矢としては茶化したつもりで言ったのだが、

「当たり前だ。大将は刀ではなく、軍配を振り回すんだ」

竜吉は真顔で言った。

「おい待てよ。いつおまえが大将になったんだ」

七人のなかで一番たくさんの酒を飲んでいた谷頭は、さすがに呂律が怪しくなっているが、酒を飲む勢いに衰えはみえない。

「作戦を立てるのが大将だ。俺が作戦を立てているから大将だ。このぞうおくの中に、俺以上の作戦を立てられるって策士がいるなら別だがな」

真っ赤な顔で竜吉は唾をとばして言い放った。

「ぞうおく……」

谷頭が首を捻った。

「俺はおまえが知らないような言葉も使える」

竜吉は得意げな顔をしたが、

「それを申すなら茅屋ではござらぬか」

榊が言葉を添えた。

「こいつはいいや」

谷頭は腹を抱えて笑い出した。

「大将が誰であれ、そろそろ胸の中にある作戦を明かしてはもらえませぬか」

ぶすっとした表情の竜吉を前にして槍三が言うと、周囲の者も同調した。

「そこまで言うならちょっとだけ教えてやるよ。要は適材を適所に配置し、いかに見栄えよく見せるかってことだ」

「それは舞台の上での話であろう。これは刀と刀を交えねばならなくなるかもしれぬ戦の場だ」

あくまでも手妻の話をしようとする竜吉に対して、忠矢は腹が立ってきた。

「その通りだ。なぜ武士が町人の指図を受けなければならねえんだ」

谷頭がまたも竜吉に食って掛かった。

「谷頭殿、竜吉殿は実は町人ではござらぬ」

槍三は声を低くして谷頭に言った。

「何の話か分からねえが、町人であろうとなかろうと、生意気な奴に変わりはねえ」

「おめえの歳はいくつだ」

竜吉は年の近そうな谷頭に向き合った。

「おまえ呼ばわりするんじゃねえ。俺には谷頭朋男というれっきとした名前がある。歳なんぞ聞いてどうするのか知らねえが、俺は二十九だ」

「ならば文化十一年（一八一四年）の生まれだな。何月生まれだ」

「十月生まれだが、それがどうしたってんだ」

「俺は同じ年の二月生まれだから、俺のほうが年上だ。だから今からおまえをトモオと呼ぶぜ」

竜吉は勝ち誇ったように言った。

「ふざけるな。年上といったって、わずか半年じゃねえか」

「わずかだろうが、年上には変わりねえ。だからこれからおまえをトモオと呼ぶ」

「勝手にしやがれ」

竜吉の言葉に谷頭が呆れたように言ったところで、

「しまった」

話に加わらず、せわしなくおかずに手を出していた榊が突然大きな声を上げた。

「儂としたことがうっかりしていたのだが、こたびの手間賃はいかほどもらえるのであろう」

榊は急に計算高そうな表情をみせた。

「それがしは致仕したとは申せ、主ある身だ。他家から金子など受け取るわけにはいかぬ。この谷頭もそれがしに一両二分の借りがあるから、手間賃は借金で帳消しだ」

盃をゆっくりと口に持っていきながら半蔵が言った。

「おい、もう一度言っておくが、俺は買われたわけじゃねえ。金を立て替えてもらっただけだ。俺の腕が一両二分などというはした金で買えると思ったら大間違いだ」

「儂は江戸に妻と三人の子供がおる身。もらえる金子は多ければ多いほどありがたいのだが」

谷頭に引き続き、真剣な表情で告げる榊からは生活臭が漂っていた。

「もちろんです。今回の任務には危険が伴う。それなりの額はお支払いしようと思っております」

榊に支払う額については悩ましいところだ。それでも槍三が用意してくれた三十両の中から、それなりに払ってやろうと忠矢は思って言った。

「卒爾ながら、それなりと申す金額もピンからキリまでござる。いったいいいくらぐらいなのであろう」

だが、いきなり榊は抗議してきた。

「今回の仕事では役割に応じて報酬も違う。一番危険な役に多く払い、危険の少ない役は金額も少ない。鼠顔のおじさんは、どっちがいいかい」

さすがに竜吉も、榊を半蔵と同列とは思っていない様子だった。

「いや、それがしは……」

榊が口の中でもごもごご言うと、

「安心していいぜ。死んじゃ元も子もないから、おじさんには危険の少ない役に就いてもらう。その代わり、給金については、文句言わねえでくれよな」

竜吉は明快に言い切った。

「これ、先ほどから聞いておると、鼠顔とか、おじさんとか、かような口の利き方があるか。武士は敬う対象だ。もう少し、丁寧な物言いをせぬか」

半蔵は穏やかな口調で竜吉をたしなめた。

「そうかな。武士だけが偉いと思うのは、大きな勘違いだと思うぜ」

だが竜吉はむっとした表情で反論した。

「それがしも武士だけが偉いとは思ってはおらぬ。だがな、有事の際には領主、領民のために命を懸けて戦う武士と申す集団がないことには、世の中の仕組みが成り立たぬ」

「するってえと、武士は命懸けで、町民は命を懸けてねえから駄目ってことか」

「駄目とは申さぬ。戦になったとき町人は戦わぬし、戦えもせぬ。だから無理に命を懸ける必要もないのだ」

「それなら俺は命を懸けるぜ」

竜吉は四文銭を取り出して、半蔵の前に突き出した。表情はいたって真剣である。

「何の真似だ」

「これから、この四文銭を目の前で消してみせる。もし、仕掛けが分かったなら、俺の首をとっていいぜ。だが、分からなかったら、あんたの首をもらう」

「竜吉」

見かねた清兵衛が声を掛けた。竜吉の表情を見ると、もはや余興の域を通り越していた。

「兄貴は黙っていてくんな。これはこの人と俺が刀を交えるのと同じ真剣勝負だ」


竜吉の言葉を聞くと、半蔵は脇差を腰から抜いた。

「もし見破れなかったら、使うがよかろう」

鞘を払った脇差を差し出しながら、半蔵は低く言い放った。

「俺は手妻師だ。首をもらうのに刃物は使わねえ」

抜き身の刀を見ても、竜吉の表情は変わらない。

「これは興味深い。刀も使わず、どうやって首を獲るのだ」

「いますぐ降参してくれれば、すぐにでもやってみせるぜ」

「それは残念だ。あいにく、まだ自分の首が獲られるところを冷静に見られるほど達観はしておらぬ」

「ならば、せいぜい目を大きく見開くこった。銭を確かめるかい」

竜吉は右手に持った四文銭を差し出した。

「結構だ。銭に仕掛けはあるまい」

「勝負は一瞬だ」

右手の人差し指と親指で四文銭を挟んだ竜吉は目の高さまで上げた。そのまま銭を宙に投げた。宙に浮いた銭を竜吉はさっと握った。その右手をそっと開いた。だが右手のどこにも四文銭はなかった。

「なかなか、いい腕だ」

半蔵は感心したかのような声を出した。

「で、どうなんだ。銭がどこへ行ったのか、分かったのかい」

相変わらずぞんざいな口調で竜吉は尋ねた。

「お主の左手に入っているところまでは分かっておる」

「へえ、さすがだな」

竜吉が左手を開けると、いつのまにか先ほどの四文銭が入っていた。

「今のは手妻とは呼べぬ。目のよさを試したに過ぎぬ。なぜだ」

「剣の達人だろうが何だろうが、俺の手妻は素人(しろうと)には見破れない。それじゃ、あまりにも公平じゃないからだよ」

竜吉は、見破られたにもかかわらず自信満々に告げた。

「清兵衛殿、それがしには何が何だか分からなかったが、今のがなぜ手妻ではないのだ」

忠矢はそっと尋ねた。

「今のは銭を放り投げる振りをして、あらぬ方向に弾(はじ)いたんです。大袈裟な手の振りに気を取られていると見る目のない者は銭を見失うが、手妻というよりも曲芸だ」

そう言われると、銭を見失ったひとりの忠矢は何も言えなくなった。

（それにしても）

忠矢は半蔵の目の確かさを思った。発言の節々から思慮深いことも分かる。半蔵は文武両道の士であった。

「男と男の約束だから、命はもらう。苦しまぬよう、居合の一太刀で息の根を止めてやる。どこを斬ってほしいか申せ」

立ち上がった半蔵は手元に置いた大刀を帯に挟んだ。

「どこを斬るかなんて、俺は刺身じゃねえぜ」

「ならばこちらの好きなところを斬るだけだ」

片膝を付いた半蔵は厳しい目を向けた。

まさか、と思うものの、さきほど中根と対峙したときの尋常ならざる気合の入り方を見ては、万が一の事態が起こらないとは言い切れない。

「半蔵殿――」

忠矢が声を発したのと、半蔵が刀を抜いたのはほぼ同時であった。きらりと光った刀は刃風を起こして竜吉を襲った。

万事休す。

そう思った忠矢であったが、竜吉は素早く身をかわした。

「なかなかいい腕じゃねえか」

顔は蒼ざめていたものの、竜吉は減らず口を利いた。

「手妻使いであろうと、それがしの居合の一太刀からは逃れられぬ。それではあまりにも公平ではないゆえ、手を抜いた」

半蔵が竜吉を真似て言うと、

「あんたは武士にしておくのがもったいねえお人だ。俺が弟子になってやってもいいぜ」

竜吉は笑い出した。

「それが師を求めるときに利く口か」

「申し訳ない。なにせ、俺は言葉の使いかたを知らないもんでね」

何とも中途半端な口の利き方だが、この辺りが竜吉の丁寧な言葉遣いの限界かもしれない。

「儂の弟子になって、何を学ぶつもりだ」

「目の動きだ」

半蔵の問いに竜吉は即答した。

「面白いことを申す男だ。目の動きとは何のことだ」

半蔵は少し表情を緩めた。

「相手の目を見て芸を演じるのも手妻師にとっては大事だ。相手の目が逸れたところで仕掛ける。だが、あんたの目の動きは読めなかった」

「ますます面白いことを申す。儂から目の動きを盗むと申すなら好きにするがいい」

鞘に収めた刀を腰から外した半蔵は、何事もなかったかのように座り直した。

「それにしても見事だ」

忠矢の隣に座った槍三はゆっくりと盃を口にしながら、感心した様子だった。

「いかにも。半蔵殿のあしらいは天下一品だ」

答えた忠矢であったが、

「まさしく半蔵殿も見事だが、竜吉殿はもっと見事だ。どこからどう見ても、本物の手妻師にしか見えぬ」

槍三に真顔でそう言われると、忠矢は返事に窮した。

「忠矢さんの話ではやつらが陣屋を襲うのは三日後だ。明日は大道具作り、そのあとは持ち場を確認して稽古だ」

　半蔵とのやりとりの間は顔から赤味の引いた竜吉だったが、ふたたび赤味が戻っていた。

「稽古とは何のことだ」

　竜吉の言動にいちいち驚いていては身がもたぬと思っていた忠矢も、さすがに稽古という言葉には驚いた。

「稽古は稽古だ。稽古もしねえで芝居の本番に臨んだんじゃ、うまくいくものもうまくいかなくなる」

　驚いた忠矢をよそに竜吉は涼しい顔をしている。

「ちょっと待て」

（俺たちは芸人ではない）

　と言いかけた忠矢だが、ほかの仲間の目の前で言い争うのは得策ではない。槍三がじっとこちらを見ていると思った忠矢は、慌てて言葉を引っ込めた。

六

長屋の部屋割りはくじ引きで決めた。

その結果、忠矢、榊、谷頭がひとつ屋根、清兵衛、竜吉、半蔵が別の部屋に泊まることになった。

翌朝は、まだ暗いうちから慌ただしかった。外では、ばたばたと足音が響いている。

(何か事件でも起きたのであろうか)

そう思うものの、忠矢は起き上がってまで確かめる気はなかった。再びまどろみかけていると、いきなり戸が開いた。姿を現したのは槍三であった。

「表が騒がしいようだが」

忠矢は素早く起き上がって、低く声を掛けた。

「仔細(しさい)は、あとで萩原さまから話があります。それより、この中に昨夜遅く長屋を出ていった者はおられませぬか」

槍三は上気した顔で尋ねた。

「それがしはすっかり寝入っておりました」

忠矢が答えると、

「花街のある牛堀までは、ちと遠い。さすがの俺も外には出ていねえ」

いつから起きていたのか、谷頭も寝転んだまま口を開いた。もうひとりの榊は、まだ鼾を立てている。

「相分かり申した。今朝は済みませぬが、握り飯で勘弁して下され」

槍三は笊に載った握り飯を置くと、忙しそうに出て行った。

「何の騒ぎだろうな」

谷頭は身体を起こした。

「さて。おおかた盗みか何かであろう」

「盗まれたのが食い物だったら、そこで鼾を掻いている大食漢も怪しいぜ」

谷頭の笑顔につられて、忠矢も声を立てて笑った。

「そこもとは、大きな藩の家臣か幕臣だったのではないか」

忠矢は、ふと思いついた考えを口にした。

「なぜだ」

「お主が得意だと申していた鉄砲の稽古には金子が掛かる。小さな家では易々と稽古できるものではない」

「なかなか鋭いな。下曽根信敦を知っているか」

「もちろんだ。当代きっての砲術家であろう」

意外な名前が出て、忠矢は驚いた。

「俺の家は代々、下曽根家の用人を勤めていた」

「であれば、鉄砲が得意なのもうなずける。それで今は修行の旅にでも出ているのか」

「俺はもう下曽根家とは何のかかわりも持たねえ」

顔を洗うために土間に降りた谷頭の顔によぎった影を、忠矢は見逃さなかった。

谷頭は酒好きゆえに浪人に身をやつしたのか、それとも、浪人の身分を忘れようとして飲むのか。これ以上の詮索はできないが、浪人は誰もみな暗い過去を持っている。

「何だ、もう朝か」

そのとき、もそもそと榊が起き上がった。

「貴殿、昨夜は夜這いをしに出掛けたのか」

「何の話だ」

忠矢の問いに、榊はきょとんとした顔をしている。

「昨夜、お女中の喘ぎ声が聞こえたらしい。先ほど槍三殿が情夫を探しに来たぞ」

谷頭は表情も変えず、口から出任せを言った。

「女中とは、あの怒ったような表情が何ともいえぬ由美のことか」

「よく分かったじゃねえか。あの娘があんたを見る目は潤んでたからな」

「やはり、そうであろう。女子は図々しいくらいの男に惹かれる。儂もうすうす感じてはおったのだが」

からかわれているとも知らずに、榊は独り悦に入った表情をしている。

「由美は萩原家に奉公に上がっていると申しておったな。萩原家の中間を勤める前田は、血の気が多い。夜這いの相手を見つけたら二つに斬り捨てる、と息まいておったぞ」

「まあ、貴殿なら心配は要るまい。なにせ、相当な遣い手なんだろう」

調子に乗って、忠矢も言葉を添えた。

「手前の腕前なら、前田殿を返り討ちにするのは容易いが、武をもって成敗するだけが得策ではござらぬ」

忠矢には、目の前の榊はいかにも机上の理屈を振り回すような人物に思えた。

「おとなしく聞いてりゃ、いい気になりやがって。あんたのインチキな兵法には誤魔化されないぜ」

早くも谷頭は榊をからかうのに飽きたのか、冷たく言い放った。

「インチキとは何たる言い草だ。呉子にいわく『武は文にして、文は武のごとし』。つまり、武には思想が必要だということだ。魏の文侯に対した呉起は――」

「兵法を説く者にとっては書こそ飯の種か。俺は本物の飯を食うことにするか」

谷頭は笊に載った握り飯を手にした。

「なんと！　今朝の朝餉は握り飯だと申すのか」

榊は呉子も忘れたように、笊の上の握り飯をうらめしそうにじっと見た。

「今朝は食事の準備をしている暇がなかったらしい」

忠矢が答えると、

「辺境の地では食事くらいしか楽しみがないと申すのに、朝から握り飯とは。かような手の抜き方は断じて許せぬ」

榊がうらめしそうに呻いたところで、戸が荒々しく開いた。再び姿を現したのは槍三であった。

「谷頭殿、しばし、お付き合い願いたい」

「今すぐか」

槍三の真剣な表情に谷頭も何かを感じないはずはないだろうが、のんびりとした口調で聞き返した。

「握り飯がまだなら、食べる間くらいは、お待ちする」

槍三は谷頭が手にしていた握り飯に目を遣ったうえで答えたが、事は急ぐようだ。

「あんたのようなでかい図体をした男に待ってられたんじゃ、飯など喉に通らねえよ。いったい、何があったんだ」

「差料を持参のうえ、従いて来られよ。詳しい話は陣屋でお伝えいたす」

槍三はよほど急いでいるのか、谷頭の返事にも答えずに外に出ていった。

「なにごとであろう」

さすがに榊も心配そうな表情になって、ぽつりと呟いた。

忠矢にも分からない。小さな盗みごときが騒ぎの原因ではないことは確かのようだった。

忠矢の考えを裏付けるかのように、谷頭はなかなか戻って来なかった。

しびれを切らした忠矢と榊は状況を確認するために陣屋へと向かった。

「刀検めとは、尋常ではござらぬな」

短い道中、榊は言葉少なに口を開いた。

「槍三殿は、後で萩原さまから話があると仰っておった。陣屋に行けば、何が起こったのか分かるであろう」

忠矢は穏やかに答えたものの、いい話でないのは確かだ。

喜兵衛の顔を見た途端、悪い予感が当たっていたと分かった。その顔には沈痛な表情と、苦り切った表情が混在していた。

「隠しておいても、いずれ分かる話であるから伝えておこう」

喜兵衛は忠矢と榊を前にして、言葉をいったん区切ったのち、

「昨夜から今朝に掛けて、当家家臣の前田一平が、何者かによって殺害された」

衝撃的な内容を告げた。

(それで、谷頭が呼ばれたわけか)

忠矢は合点がいった。前田は勝敗にこだわる男だった。前田が負けて遺恨を持ったであろう谷頭が取り調べのため、呼び出されたのだ。ならば、忠矢自身もま

っさきに疑われていいようなものだが、水戸藩士と思われているせいで、陣屋側に遠慮があったのだろう。

「ゆゆしき事態につき、本日一日、ここにおる全員から事情を聴取いたす」

喜兵衛は忠矢をじっと見つめたまま告げた。

その言葉通り、交代で一人一人が別室に呼ばれ、取調べが行われた。

忠矢も取り調べられた。取調べに当たったのは、喜兵衛と作事掛の中根だった。

前田は胸を刃物で刺され、絶命した。

刃物の扱いに慣れた浪人が疑われたのは当然である。集まった六人の中に、前田に対して旧怨を持っている者がいるとは思えない。だが前田の態度は不遜(ふそん)である。話をしているうちに頭に血が上ってしまったとしたら、誰にも前田殺害の可能性はある。

それにしても、夜中にわざわざ前田を訪ねていった物好きがこの中にいるとは思えない。

(夜盗の類の仕業(しわざ)であろう)

忠矢は結論づけた。

「萩原さまがお呼びでございます」

いったん長屋に戻っていた忠矢は、午後になってから槍三に呼ばれた。

（またもや、いい話ではなさそうだ）

そう思いながらも、忠矢は黙って立ち上がった。

立派な赤い薬医門をくぐって喜兵衛の屋敷に入ると、いつもながら喜兵衛は険しい顔をしていた。

「それがしは、中根を伴って交代の道中にある殿のところに参り、牛堀の連中の怪しい動きと前田殺害の件を報告することにしました」

顔を合わせるなり、喜兵衛は渋い表情で告げた。

「そうですか……」

逃げるつもりかと言いたかった忠矢だが、喜兵衛は口を挟む隙を与えなかった。

「一行を急いで連れて帰りますので、何とかそれまで持ちこたえてくだされ」

有無を言わさぬ態度で言い切ると、喜兵衛は深々と頭を下げた。

「最善は尽くしますが、多勢で襲われた場合、持ちこたえられるとお約束はできかねます。万が一の場合は敵前逃亡もあり得ることをお含みおきください」

「分かりました」

しばらく沈黙したのち、喜兵衛はうなずいたが、

「これをお主に渡しておく。使い方は分かっておるな」

槍三に向き直ると、脇差を差し出した。

「承知しております」

槍三は緊張した面持ちで脇差を受け取った。

「お待ちください。いまのお言葉は、失敗したら腹を切れと命じておられるのですか」

忠矢は喜兵衛に詰め寄った。自分は逃げておいて、部下に責任をなすりつけるとは卑怯千万な話だ。

「これは新庄家の話です。水府殿といえども、口出しは無用に願います」

喜兵衛は厳しい表情のまま言って、扇子を使った。

（狸め）

忠矢は喜兵衛を睨んだが、当の本人は知らぬ顔をしていた。

行きは槍三と来たが、帰りは忠矢ひとりになった。

門を出ようとすると、由美とすれ違った。

「ちと、ものを尋ねたい」

こちらとしても前田のことを少しは知っておきたい、そう思って声を掛けた忠矢だったが、無言で振り返った由美の目は真っ赤に充血していた。

「余計なことは話すなと言われております」

命じたのは喜兵衛であろうか。由美は取り付く島もないほど冷たい口調で拒絶した。美人だけに、氷のような表情に迫力がある。

「顔色が悪いが、大丈夫か」

それでも、忠矢は食い下がった。

「お話しすることなどございません」

由美は挑戦するかのような目で忠矢を睨んでから、去って行った。

殺人は大きな事件だ。ましてや殺害された前田は、奉公に上がっている萩原家の家人である。由美の心中が穏やかでいられるわけがない。

少しの間、由美の身を案じた忠矢であったが、考えはすぐに牛堀の浪人たちの件に移った。

喜兵衛の肚は読めている。忠矢たちが安易に計画から降りないように、槍三を人身御供(ひとみごくう)にしたのだ。

牛堀に集まったのは金目当てのあぶれ者ばかりだ。遣い手は少ない。こちらは、中根と前田を失ったものの忠矢自身と半蔵、清兵衛、それに槍三の四枚看板を立て、谷頭の飛び道具を配置すれば、おぼろげながら勝算はみえてくる。

考え事をしながら、堀の近くまで行くと、榊が水面に見入っているのが目に入った。

「榊殿、何をしているのですか」

忠矢は声を掛けた。

「いや、恥ずかしいところを見られてしまいましたな。儂は泳げぬので、水が怖いのです。かような狭い堀でも落ちたらどうしたらよいかと思って見ておりました」

榊は照れくさそうに返事をした。苦手なものなどおよそ何もないとでも言うのではないかと思っていた榊が意外に素直に弱点を曝(さら)け出したので、忠矢としては少し驚いた。

長屋に戻ると、どこかへ出掛けたのか、誰もいなかった。

忠矢は手持ち無沙汰(ぶさた)に刀の手入れを始めた。

若いころは、この刀が自分を高い地位へと持ち上げてくれるのだと考えていた。剣の腕でも、文の才でも人に秀でていれば、おのずと道は拓けるのだと思っていた。実際、藤田東湖(とうこ)の実父であり、水戸学を中興したとされる藤田幽谷は古着商の息子であった。学問に秀でていたため、水戸の藩政に意見するほどの人物になったのである。そういった意味で水戸での人事は大胆なところがあった。だが、大胆な抜擢(ばってき)を受けるためには人から秀でているだけでは駄目だ。抜群に秀でていなければならないのだ。

丸山のように長いものに巻かれて上役の機嫌伺いに汲々(きゅうきゅう)としている男を悪く言うのは簡単だ。だが特別な才に恵まれない者にとっては、上役の顔色を読むのもひとつの能力といっていいのだろう。

一番駄目なのは己の力を過信し、力もないくせに肩をいからせて歩いていた若きころの自分のような者だ、と忠矢は思った。

(俺はあのころよりも賢くなったのだろうか)

忠矢は自問した。賢くはなったのだろう。だがその分、ずるくもなったし、弱くもなった。果たして、どちらの自分がよかったのか、忠矢自身わからない。

「飛田さま、いますぐ陣屋へお向かいくださいまし」

ぼうっとしながらそんなことを考えていると、障子（しょうじ）を開けるなり血相を変えた佐々が叫ぶように告げた。

「そんなに慌てていかがしたのだ」

忠矢としては余裕のあるところをみせようとしたのだが、

「牛堀の代表だとおっしゃるお侍が訪ねてこられたのでございます」

佐々の返事を聞いて、

「なに」

と慌てて腰を浮かせた。

(代表とはこの前、斉藤が話していた藤本湛山という男に違いない)

内心で思いながら、忠矢は陣屋へと急いだ。

陣屋へ着いた途端、廊下を歩いていく背の高い武士の背中が目に入った。六尺近い槍三よりも更に背が高い。背は高いが、身体は柳のようにひょろひょろとしている。後頭部にへばりつくように残ったわずかな髪で無理やり髷（まげ）を結（ゆ）っている。幾分、左肩を下げながら、音もなく滑るように歩を進める。

見覚えのある後ろ姿と歩き方を目にして、

(まさか)

忠矢の胸の鼓動が高まった。

足音も荒く近付くと、忠矢は「しばし御免」と声を掛けた。

「なにごとでござろう」

ゆっくりと振り向いた男は浅黒い顔に、充血した目をしていた。

「お主は――」

思わず忠矢は固まった。

「はて、どなたであったかな」

「まさしく見越入道、いや足立半平太」

「人間違いであろう。手前は藤本湛山と申す」

心の逸る忠矢とは対照的に、湛山はゆったりとした口調で話し、表情も変えない。

「惚けるつもりか。藤井宗次郎さんの名前は覚えておろう。酒を無理強いした挙句、おまえが斬った相手の名だ」

忠矢は間合いを詰めた。湛山こと足立半平太は恐るべき居合の遣い手だ。長い手足を駆使して信じられぬほど遠い距離から斬りつけて来る。相手の間合いを殺さなければならない。

「何の話やら。藤井と申す名にもとんと覚えがござらぬ」

余裕を見せようとでもしたのか、湛山は声を立てて笑った。

（この男は笑いながら、人を殺す）

忠矢は慎重に相手の一挙手一投足に注意を払った。

「やはり善人の心を求めるのは間違いだった。改めて名乗る必要もないだろうが、それがしは飛田忠矢。岩鉄道場では、おまえに斬られた藤井宗次郎さんと並び稽古しておった」

「はて、かような名の道場も記憶にござらぬ。貴殿の勘違いであろう」

「都合の悪い話は、都合よく忘れるようにできておるらしいな、入道」

「いい加減、入道なる呼び名はやめぬか」

湛山の口元から笑みが消えた。

元文二年（一七三七年）に有名な絵描きである英一蝶の門人の佐脇嵩之が描いた『百怪図鑑』が発売され、評判になった。この書に描かれていた「見越入道」なる妖怪が足立にそっくりだったので、誰ともなく足立を「見越入道」と呼ぶようになったのである。

「今なら真実を話せるであろう。藤井さんを斬ったのは、おまえの仕業だな」

藤井の人のよさそうな顔が、久しぶりに忠矢の脳裏に現れて消えた。

「山本殿、失礼の度が過ぎるのではござらぬか。この陣屋では狂犬を放し飼いにしておるのか」

犬、と聞いて、忠矢はまたもや昔の情景を思い出した。

町道場に通って間もない頃だ。道場の前に、右の前足がない犬が座っていた。不憫に思って餌をやろうと考えた忠矢が裏に回った隙に、犬を棒で叩く者がいる。それが足立だった。執拗に犬を叩き続け、忠矢が止めに入ると、刀で犬を斬り捨ててしまった。

「何をする」と詰め寄った忠矢に、

「世の中の役に立たぬものは、いなくなったほうが世のためだ。そう思わぬか」

にやにやしながら答えた足立の顔が忘れられない。

「飛田殿、この場は抑えてくだされ」

槍三はそう言いながら、湛山を奥の部屋へと通した。

湛山の後ろ姿を見て(それにしても、いい羽織だ)と忠矢は思った。絹できた紺色の羽織には、上り藤が白く染め抜かれていた。どんな悪だくみで生計を立てているのか分からないが、暮らし向きはよさそうだ。そんな男が牛堀で何を企んでいるのだろう。

「喉が渇いた。茶を所望いたす」

奥の座敷に座るなり、湛山は嗄れた声を出した。

「恐れ入りますが、この通り人手が足りませぬので、茶はお出しできかねます」

槍三は頭を下げ、丁重に断った。

「今日も暑い。急いで歩いてきたゆえ、喉が渇いたと申しておる」

湛山はぎろりと睨みを利かせた。目が大きいうえに充血しているから、迫力がある。

「誠に痛み入ります」

槍三が再び頭を下げると同時に忠矢は笑い出した。湛山は忠矢に向き直った。

「何が可笑しい」

「昔から変わらぬ男だ。かような猿芝居で脅そうなど、笑止千万」

湛山は交渉の際、最初に無理を言い、話を優位に進めようとする。湛山の計算だった。手の内は分かっていた。

「脅すつもりだったら、別の手立てを講じる」

湛山は歯を見せて笑った。人を苛つかせる笑い方だった。身体の線は相変わらず細いが、顎には十年前よりもかなりのぜい肉が付いていた。

「いずれにせよ、茶など出す気はない。早く用件を申したらどうだ」

忠矢は湛山を睨んだ。

不思議なものだ。立派な身なりのせいで、偽者に過ぎない目の前の湛山がそれなりの人物に見える。

「知恵の足りない者は、物事を表側からしか見ぬ。儂がどうしてここに来たか、お主には真意が分からぬのであろうな」

懐から扇子を取り出した湛山は、優雅に煽いでみせた。白檀の香りがした。強過ぎる香りだった。

「おまえが牛堀に集結した怪しい浪人どもの元締めだということは分かっている」

忠矢は湛山に一撃を食らわすつもりで告げた。

「のこのこと斉藤を訪ねてきて、本名を名乗った馬鹿がいたのを儂が知らないとでも思ったのか。おまけに、麻生までぼうっと歩いている間、尾行されているのに気づかぬとは、とんだ間抜けだ」

「なんだと――」

忠矢はひとこと唸るように呟いたなり、言葉を続けることができなかった。

「山本殿、貴殿はこの男を買いかぶっておりますぞ。こいつはただの素浪人に過ぎぬ。どこかの隠密だと思うのは勘違いも甚だしい」

湛山は槍三のほうに身を乗り出した。

「それは身分を隠しているからです」

湛山に指摘されても槍三は否定した。

「儂の言葉が信用できぬのなら、じかに本人に尋ねるがいい」

湛山は自信満々に言い切った。槍三は忠矢をちらりと見たが、

「それには及びませぬ」

忠矢に尋ねることはしなかった。

「やはり、ちっぽけな家は零細なりに馬鹿ばかりだ。お主が自らただの素浪人に違いないと言ってやらぬと、この者たちに迷惑が掛かるぞ」

湛山は口元を緩めたが、目は笑っていない。何かを確かめるような光が灯っている。

（そうか）

忠矢は湛山の本心が分かったような気がした。藤本湛山こと足立半平太はもともと疑り深く、小心な男だ。今もきっと忠矢が水戸の隠密であるかどうか心配で仕方ないのだ。自らその真偽を確かめに来たにちがいない。忠矢の肚は決まった。

「おまえは兄弟子の憎き仇だが、ひとつだけ感謝せねばならぬ。あのまま、藤井さんが存命で岩鉄道場も存続していたならば、俺も浪人のままだっただろうかな」

「ほざくな。水戸は固い土地柄だ。一度辞めた者の再出仕など認めるものか」

「誰が再出仕したと申した。俺は水戸にゆかりある者に戻ったに過ぎぬ」

忠矢のこの台詞は思った以上に効果があった。湛山の顔から笑みが消えた。しきりに何かを考えている様子だ。

「――ひとつ教えておいてやろう」

長い沈黙ののちにやっと湛山は口を開いた。

「降参して撤退する気にでもなったか」

気持ちのうえで優位に立ったのを感じて言った忠矢だったが、

「黙って聞け。今回の主役は百姓だ」

湛山は意外なことを口にした。

「なんですと」

驚いたのは槍三も同じようだった。

「さすがに山本殿はぴんときたようですな。今回も集まる百姓の数は多い」

動揺した槍三を見て、湛山は勢いを取り戻した。

「いい加減にしろ。百姓を煽動するなど許しがたい行為だ」

その得意げな顔を見ていると、忠矢の胸に怒りがこみあげてきた。

「これは人聞きの悪い。煽ってなどおるものか。儂らは百姓の手助けをしておるだけだ」

いっぽうの湛山は落ち着き払った表情で言った。

「手助けだろうが何だろうが、悪事は露見している。後で重い罰が科せられるぞ」

「儂らではなく、味方の心配をするがよかろう。相手にせねばならないのは三十人の浪人ではなく、何百人もの百姓なのだからな」

「よいか、おまえなどしょせんは張り子の虎に過ぎない。陰でこそこそうごめくしかできないくせに、いい気になるな」

あまりにも落ち着き払った湛山の態度が気に障った忠矢は思わず喧嘩口調になった。

「張り子の虎の実力がいかほどのものか、教えてやろう」

対する湛山は表情を変えずに告げ、おもむろに立ち上がった。

「なにをするつもりだ」

「稽古だ。それがしの実力が知りたいのであろう」

湛山は冷酷そうな笑みを浮かべた。

岩鉄道場にいた時分、湛山は分の悪い相手だった。圧倒的に相性が悪かったのである。忠矢は火、湛山は水だった。

（時は人を変える）

もう十年前の自分ではない、と思いながら忠矢は、庭に降り立った湛山に続いた。

「木刀があって幸いだったな」

湛山は立てかけてあった木刀を手にした。昨日、前田と中根の相手をするために使った木刀だった。

「どういう意味だ」

「真剣で立ち合ったなら、今日がお主の命日になったからだ」

忠矢の問いに湛山は真顔で答えた。

「抜かすな。おまえこそ、今日は相手を酔わせて打つことはできぬぞ」

忠矢も木刀を取った。

「そう申せば、ずいぶんとむかし、酒に酔って暴れておった浪人を斬って捨てた覚えがある。あとから聞けば、藤井という名だったような気もする」

湛山は嗄れた声で告げたが、両手はだらりと垂らしたままだ。

「おのれ!」

忠矢は呻くように呟いたが、それ以上は口を開こうとしなかった。

湛山は言葉で気を散らしておいて、相手の隙を狙うのが得意であったからだ。

(集中せねばならぬ)

木刀を正眼に構えたものの、湛山には、まったく隙がない。どこからでも打っていけそうでいながら、どこから掛かっても敵いそうになかった。

湛山もゆっくりと正眼に構えた。

湛山の構えを前にして、忠矢は硬直した。動こうにも、動けない。

見越入道は、山に棲むとされる巨大な妖怪だ。旅人が大きな樹木を妖怪と見間違えたという説もある。忠矢には、小揺るぎもしない湛山が本当の妖怪のように思えた。

嫌な汗が滲む。

とつぜん、妖怪が動いた。

ゆっくりとした突きに見えた。

忠矢は素早く避けた。

いともたやすく避けたと思った太刀筋であったが、次の瞬間には左の肩の辺りに鈍い痛みを感じた。

「腕の違い、とくと感じたか」

一歩すっと後ろに退いた湛山の声が、忠矢には遠いものに感じられた。打たれた肩がしびれている。

「逃れようとしても、逃れられぬのが我が剣」

湛山は愉快そうに笑った。

(完敗だ)

忠矢はがくっとうなだれた。こちらが浪人暮らしにあくせくしている間、湛山は稽古にいそしんでいたのだろう。

「今度会うときは、真剣を交える。その時がお主の死ぬときだ」

再び声を立てて笑いながら、悠々と去っていく湛山の後を槍三が追っていった。

「忠矢殿をかようにあしらうとは、驚くべき遣い手だ」

ふいに声を掛けてきたのは、半蔵だった。いつから見ていたのであろう。

「まことに不覚の至りにございます」

忠矢はうなだれた。

「かような者が敵の中にいるのでは、多勢を無勢で相手するのは難しい」

半蔵は渋い表情になって呟いた。

七

今夜もまた夕食は打合せを兼ねて槍三の屋敷でとることになった。酒も並んでいる。竜吉だけは買い物があるといって出かけたきり、まだ戻っていないので、六人が車座になって座っていた。

「湛山の話は本当でした。ここのところ夜な夜な百姓は集会を開いております」

まず槍三が口火を切るように言った。

「強訴をしてくるとしたら、内容は何でしょう」

「減免、人足の軽減、はては代官人事まで、不満を申したらキリがないのが人というものでございます」

忠矢の問いに槍三は顔をしかめながら答えた。

「でしたら先手を打って、こちらから釘を刺したらどうでしょう」

忠矢としてはごく当たり前なことを言ったつもりだったが、槍三はさらに渋い顔をした。

「手前の役目は諸事周旋掛。権限もありませんし、それがしの話には百姓も耳を傾けないでしょう」

「しかし、家老の萩原殿は貴殿ひとりを残していった。当然、権限はあるのではござらぬか。その諸事周旋掛とはどんなお役目なのですか」

急に弱気になった槍三を見て軽い不安を感じながら、忠矢は尋ねた。

「手前は長らく江戸留守居役を務めておりました。その経験を活かして家中の揉め事を解決する役を担ったのでございます」

「それならば、今回の件は揉め事の際たるもの。当然、裁量が与えられておるのでございましょう」

「いかにも。そんなお役目であれば、百姓は一番に意見を求めるのではござらぬか」

半蔵も忠矢と同じ意見のようだった。

「まあ、そうですが……」

今晩の槍三はいままでと違って、妙におどおどしている。槍三が曖昧な返事のまま言葉を区切ると、場はしんと静まり返った。

険しい顔をしている者が多かったが、とりわけ清兵衛の表情は冴えなかった。

「清兵衛殿、湛山と名乗った半平太のことを考えておるのだろう」

忠矢は清兵衛の隣に座りなおしたうえで、聞いた。

「ええ。せっかく探し求めていた兄弟子の仇が現れたというのに、その仇の腕は忠矢さんより上のまま、衰えていなかった。目の前にあの湛山が再び現れたとき、果たして俺は堂々と対峙できるだろうか」

清兵衛は手にしたぐい飲みを口に運ぶこともなく、膝の上に置いていた。

「こたびの件は、しょせん蟷螂（とうろう）の斧（おの）ではないだろうか」

食べ物に関しては意地汚い榊も、今日はまだ箸に手を付けていない。

「最初から兵力に差があるのは分かっていた話だ」

忠矢は力強く言ったつもりだったが、本心は榊と同様だ。

「しかし、何百もの百姓を相手にせねばならぬとなれば話は別ではござらぬか。たった七人で数百人を相手に戦う方法は、どの兵法書にも書いておらぬ」

「ここで降りると申されるのか。であれば手間賃は出せぬぞ」

それくらい言い返すのが忠矢のせめてもの抵抗だった。

「命あっての物種にござる。犬死するくらいだったら、徒手でも無事に帰るほうがまだよい」

榊はもともと小心者なのか、ここにきて急に弱気な発言が目立つ。

「たしかに命まで懸けろとは申せぬ。谷頭殿も自らの判断で当地に留まるか、去るかを決めるがよい。去るなら、借金は棒引きにして進ぜる」

半蔵は、谷頭を見た。

「俺はおもしれえ芝居は見逃さない性質だ。残るぜ」

谷頭は躊躇なく答えた。相変わらず手酌でぐいぐいと酒を飲んでいる。

「命懸けとなるかもしれぬのだぞ」

「命なんか惜しかねえよ。こんな下らねえ世の中を生きていたっていいことなんて何ひとつねえからな」

念を押した半蔵に、谷頭はうるさいとばかりに返した。

「言い出しっぺは俺だ。俺も残る」

清兵衛も宣言した。

「当然、俺も残る。榊殿はいかがいたす」

忠矢は榊に尋ねた。

「それを決める前にひとつだけ聞いておきたい。忠矢殿は本当に水戸家の御家中なのでございますか」

榊は目をまっすぐに向けてきた。意外なほど強い目の光だった。

「そんなことは関係ない話だろう」

清兵衛が榊に反論したが、

「いや、関係はおおいにある。万が一という場合に水戸の援軍が期待できるのか、期待できないのかでは大きな違いだ」

「ならば代わりに俺が答えてやる。忠矢さんが水戸家と関係があってもなくても、水戸の援軍は期待できない」

清兵衛は大きな声を出した。

「それは暗に水戸家と関係ないと言っておるのも同じではござらぬか」

榊は立ち上がりそうになった。

「下らねえ、下らねえ」

そのとき、唐突に谷頭が叫んだ。先ほどから酒を飲む速さがさらに加速していた。

「死ぬか生きるかの瀬戸際を判断しておるのに、下らないとは何を申す」

ほとんど酒を飲んでいない榊が食って掛かった。

「戦いに臨むんだったら常に死ぬ覚悟だ。それなのに、戦う前から援軍をあてにしようと考える奴なんざ、戦う資格はねえ」

谷頭は今日も滑舌(かつぜつ)が怪しくなりかけていた。

「ならば、貴殿は死ぬがよい。儂は江戸で待っている家族のためにも死ぬわけにはいかないのだ。死なずに稼ぎを持って帰る。これが家族を守ることになる。下らぬとは言わせぬ」

榊は立ち上がった。

「上等じゃねえか」

つられるようにして谷頭も立った。

やめぬか、と忠矢の口から出掛けたとき、

「いかさま野郎」

怒号にも似た大声を発した者がいる。それまで静かに酒を口にしていた槍三だった。いつの間にか、見て分かるほどはっきりと目が据わっている。

「突然、どうしたんですか」

清兵衛は槍三の肩に手を置いたが、

「無礼者め。それがしを誰だと心得る。麻生新庄家、武芸大会優勝者にして、江戸留守居役を仰せつかった山本槍三であるぞ」

槍三は、清兵衛の手を勢いよく払った。清兵衛もあまりのことにぽかんとしていた。

「落ち着いてください」

忠矢は立ち上がって槍三を押し留めようとしたが、無駄だった。

「各々方(おのおのがた)に面白いものをおみせしよう」

そういうと、槍三はよろよろと奥へと引っ込んだ。

「お待たせいたしした」

戻ってきた槍三が手にしていたのは大きな丼と大徳利だった。

槍三は震える手で徳利の中身を丼に移した。

「何をなさるおつもりか」

これ以上、酔われては困ると思った忠矢は制止しようとしたが、

「仕上げをよおく御覧じろ」

槍三は驚くべき速さで中身の酒を一気に飲み干した。

「こいつはおもしれえ。堅いだけだと思っていたが、やるじゃねえか」

谷頭もその辺りにある徳利を手にすると次々に平らげてみせた。

「驚くのは早い。見せ場はこれからだ」

槍三は刀掛けに掛けてあった大刀を手にした。

「そこまで酔っていては、危のうござるぞ」

忠矢が注意したが、槍三はにやりと笑っただけだった。

「これから手前の居合の腕をお見せする」

槍三は刀の柄に手を掛けた。

「不快だ」

今度は半蔵が鋭い声を発した。

「余興にござるよ」

槍三はふらつく足取りで半蔵に近づいた。半蔵はさっと片膝をつくと、扇子で槍三の左手をはっしと打った。その拍子に手にした刀は床に落ちた。すかさず、忠矢が刀を引いた。

「武士に余興など必要ござらぬ。心得違い召されるな」

さらに半蔵は厳しく言い放った。

「藩内優勝は嘘ではござらぬ」

槍三は帯から扇子を抜いて、床に落とした。忠矢が手にすると、文化十五年（一八一八年）新庄家武芸大会優勝者山本槍三と認（したた）めてある。

「槍三殿、誰も貴殿の腕を疑ってなどおらぬ。今宵（こよい）は飲み過ぎただけだ」

忠矢は、はらはらしながら声を掛けた。

「いや、手前は未練たらしい男にござる。二十年以上も前の扇子をこうして持ち歩いておるくせに、もはや刀をとっては誰とも立ち合えないのでござるからな」

槍三は力なく、腰を下ろした。

「それはいかなる仔細なのですか」

乗り掛かった舟だ。ここは最後まで聞かねばなるまい。忠矢はそう思って問いを重ねた。先ほどまで酒乱気味だった谷頭もいまはおとなしく座っている。

「稽古で一番仲良くしていた友を打ち殺してしまったのです。それ以来、真剣だけでなく木刀でも立合いができなくなってしまいました」

「そうだったのですか……」

忠矢は静かに相槌を打った。

「いつしか、中根らがそれがしのことを山槍と呼んでいたのを覚えておいでか。あれは、名前の山本槍三を略したのではござらぬ。山にキノコを採りに行くときに槍を持っていっても何の役にも立ちませぬ。役立たずをもじって山槍と呼んでいるのです」

槍三は、がくっとうなだれた。

「俺も同じようなもんだ」

槍三の様子を見た谷頭はひとこと呟くなり、手にした徳利ごと酒を呷った。それから少し間を置いたのち、思い詰めたような表情で話を始めた。

「俺には許嫁がいた。若くて何も怖くないってころの話だ。俺たちはこっそりと田舎の川べりで逢引をした。中州で酒を呑んでいるうちに俺は眠っちまった。起きると、許嫁はいなくなっていた。しばらくして、あいつの遺骸は川下で見つかった。俺は許嫁が溺れている間、酔い潰れて寝ていたわけだ」

　話し終わると谷頭はふたたび徳利を口にした。中身が空だとわかると、谷頭は土間に向かって徳利を投げつけた。派手な音がしたが、誰も黙ったままだった。

「それがしどもは似た者同士だ。みな、心のどこかに傷を持っておる」

　やっと半蔵がしみじみとした口調で言った。

「いや、手前が悪いのです。手前の周りには死が付きまとっているのです。江戸留守居役のときは交渉で打ち負かした相手が切腹しました。果ては今回の件です」

「交渉で負けた相手が腹を切ったのは気の毒であったが、逆の立場であればどうだったであろう。もしかすると貴殿が腹を召さねばならなかったのではないか。現に今回も貴殿は腹を切る覚悟をしておいでではないか」

　半蔵が落ち着いた声で慰めた。

「手前は……」

　だが、槍三は言葉に詰まった。

「どうしたのだ」

　半蔵はなおも問い掛けた。

「情けないことに、手前は腹を切るのが怖くて仕方ないのです」

泣きそうな表情で告げる槍三を見ると、忠矢はいたたまれない気持ちになった。

「相済(あいす)みませぬ」

忠矢は畳に額(ひたい)を付けた。

「何をなさるのですか。忠矢殿には責任はござらぬ」

槍三はよろよろとした足取りで忠矢を押し留めた。

「いや、手前が現れなければ、萩原殿も責任を貴殿になすりつけることはできなかったでしょう」

忠矢の言葉は慰めでしかなかった。

「そんなことはありません。萩原さまは切れ者で、計算も速い。忠矢殿の件がなくとも、何かあれば手前に責任を押し付ける肚だったのです」

「まさか諸事周旋掛の役目には上役の責めを負って、腹を切ることが入っておるとでも申されるのではあるまい」

半蔵は慰めるような顔付きで言ったが、

「いや、含まれております。手前は独活(うど)の大木(たいぼく)。腹を召すことくらいでしか、御家の役に立てませぬ」

　槍三はふらふらしながらも、意外としっかりした口ぶりで返した。

「しっかりなされよ。かような考えは武士として、いや、男としていかがなものかと思いますぞ」

　半蔵は、今度は励ますように言った。

「刀を取って戦えればこそ、武士であり、男でしょう。戦えないそれがしは、もはや武士ではありませぬ。今では思うように交渉もできず、ひたすら謝り続ける毎日でございます。新庄家の者はそれがしを謝り屋と呼んでいる始末。上役に謝り、部下にも謝り、他家の武家、商人から百姓にも謝り倒して何かをしてもらうありさまです。こんな手前ですから、百姓も有事の際に耳を傾けはしませぬ」

　槍三は今にも泣きそうな表情で言い切ると、前のめりに倒れた。うつ伏せになった槍三は、ほどなくして大きな鼾を掻き始めた。

「心痛がよほど溜まっておったに違いない。それにしても、ひとは恥ずかしいことや自分に都合の悪い話は隠したがるものだ。酔った席とは申せ、己の弱点をさらけ出すのはよくよく勇気のいる態度だ」

　半蔵の言葉を聞くと、忠矢はいても立ってもいられなくなった。

「手前も話したいことがあります。いろいろ誤解もあるようですが、手前は水戸とは係わりない身でございます」

「忠矢殿、いまさらこの面々の前で隠し事はなかろう。貴殿が水戸の隠密なのは誰もが知っておる」

半蔵は忠矢のほうに向きなおった。

「いや、実はそうでないのであろう」

そこへ榊が意外なくらい厳しい目を向けてきた。

「榊殿の申される通りです。いくら否定しても勘繰られてしまい、うまく伝わらなかったのでございます。以前は水戸藩士だった手前ですが、いまは藩籍を抜かれた身に過ぎませぬ」

「兵法を究めた目から見ると、どこか怪しいと思っておった。我らを騙しておったのだな」

榊は厳しい目を通り越して冷たい目を忠矢に向けた。

「おいちょっと待てよ。忠矢さんは何回も浪人の身だと言っていたんだ。勝手に勘違いしたのは、鼾を立てて寝ている槍三殿のほうだ」

それまで黙っていた清兵衛が忠矢の援護に回った。

「勘違いはあったのかもしれないが、その勘違いをいいように利用したのだから、我らを騙したも同然だ」

榊はなおも食い下がった。

「忠矢殿、榊殿の申される通り、故意に勘違いを利用しようとしたのですか」

半蔵の物言いは丁寧だが、詰問するような口調であった。

「悪用しようなどとは考えていませんでした。それは確かでございます。ですが、どこかで甘えがあったのは否定できません」

「それを騙すと申すのだ」

絡み酒なのだろうか。酒が入った榊は、今日に限っては執拗だった。

「どうでもいいことじゃねえか。目の前のお方が水戸藩士であろうとなかろうと、敵の人数が増えたり減ったりするもんじゃねえ。虎の威がねえと怖くて仕方がねえ奴は尻尾を巻いてとっとと退散しやがれ」

いつの間にかまた酒を飲みだした谷頭はだいぶ怪しくなった呂律で大声を出した。

「虎の威の話をしているのではござらぬ。人としての信義の問題だ」

榊も興奮した様子で大声を出して対抗した。

「お、宴会も盛り上がってるようだな」

そこに買い物に行っていた竜吉がやっと帰ってきた。後ろには大量の縄を抱きかかえた若い衆がふたりほどついてきている。

「ずいぶん遅かったじゃねえか。その縄は仕掛け用か」

清兵衛が尋ねると、

「さすがは兄貴だ。よくわかったな。明日から大道具作りだ。忙しくなるぞ」

竜吉は若い衆に縄の置き場所をてきぱきと指示しながら、答えた。

「大道具作りだと。かように大量の縄を何に使うのだ」

顔を赤く染めている榊が問い掛けた。

「縄は結界用だ。ほれ、鹿島神宮のお札も用意してある。これで陣屋を取り囲めば、悪霊退散って寸法だ。百姓だって神罰を恐れてやすやすとは攻めてはこれねえ」

竜吉は胸を張った。

「まさか、おまえの作戦というのはそのお札のことか」

忠矢は驚きのあまり、声が裏返りかけた。

「いや、ほかにも落とし穴とかいろいろあるぜ」

忠矢の気持ちとは裏腹に竜吉は自信満々の様子で答えた。

「笑止」

半蔵は立ち上がった。

「どちらへ」

清兵衛が尋ねると、

「これ以上は付き合いかねる」

半蔵はあまりに呆れたのか、ひどく咳き込みながら、その場を後にした。

「儂もひとりで考えさせてもらう」

榊も半蔵の後を追うように出ていった。

「しまった……」

こんなことなら、しつこく作戦の内容を聞いておけばよかったと思った忠矢だが後の祭りである。

竜吉の作戦は作戦と呼べないほど幼稚なものであり、頼りにしていた槍三は刀を振るうことができない。

おまけに、仲間はばらばらだ。

忠矢の頭には、絶望の二文字しか浮かばなかった。

第三章　こんちころ

一

（どうして、俺はかくも考えが甘いのだ）

牛堀の旅籠屋である《しの屋》の布団部屋に手足を縛られたうえで、ごろりと転がされた槍三は思った。

誠意を持って話したところで説得できるとは思っていなかった。それでも少しはいい条件を引き出せるのではないかと、誰にも相談せずに交渉しに来た槍三だったが、話をする以前の問題だった。店先で姿を認められるやいなや、問答無用で縄を掛けられた。それから四半刻近くそのまま放っておかれている。

人生とは這い上がるように一歩ずつ登っていくしかないのに、落ちるときはなぜこうも急なのだろう。

高く登れば登るほど、落ちたときの怪我(けが)の程度も大きくなるというのに、上にいるときはさらに上しかみていない。目もくらむような絶壁に立っているとしても、さらに登ろうとしか考えていない者には危険が分からない。

二十六歳で藩内の武芸大会で優勝し、翌年には妻をめとった。さらに次の年には第一子の懐妊を知らされた。この頃が槍三の幸福の絶頂期だった。

恵まれた体格を活(い)かした剣術は家中では敵がないと絶賛されたほどで、稽古(けいこ)にも熱が入った。

そんな折、槍三は山頂から一気に滑り落ちた。幼い時から軽口を叩(たた)き合い、長じてからは剣の腕を競い合った唯一無二(ゆいいつむに)と言ってもいい親友を稽古中の事故で打ち殺してしまったのである。

そのとき初めて槍三は足元に広がる崖(がけ)の深さに気が付いた。

親友を打ち殺してしまって以来、槍三は稽古であろうと、相手と向かい合った途端、身体が動かなくなってしまった。仕事にも熱が入らず、悶々(もんもん)とした日々が続いた。

悪いことは重なるもので、事故の翌年、今度は妻が身ごもったまま逝去した。

あまりにもひどい落ち込み具合を見かねた周囲の尽力で、槍三は繁忙職である江戸留守居役に就任した。この忙しい御役は、槍三に愁心を温める暇を与えなかった。忙しさは槍三にとって幸いした。自分でもずいぶん、立ち直ってきたと思ったときに再び事件が起こった。

槍三が江戸留守居役に就いて三年目のことだった。ふとした口論から、出石・仙石家の江戸留守居役と口論となった。

非は槍三の側にあった。しかし、槍三は無理を通すことに成功した。

口論に負けた仙石家の留守居役は、その日の夜中に腹を切った。

(俺は弱い男だ)

と槍三は思う。麻生家の誰もが槍三の責任ではないと言った。槍三自身、そう思おうとした。だが、できなかった。その時から、槍三の舌鋒はなりを潜め、代わりにのらりくらりとした交渉方法になった。決して相手を論破しようとせず、結論めいたことも言わない。

あまりにも優柔不断な槍三の態度に業を煮やした相手が殴り掛かってきたことがあった。槍三が抵抗せずに殴られていると、いつしか形勢が逆転した。我に返った相手は一変して平身低頭の体になったのである。

そのとき、

（これだ）

と槍三は思った。

交渉に当たっては相手を怒らせればよい。そして相手から失言を引き出すのだ。もし、相手が手でも出してくれれば、もっけの幸いだ。

この相手の失言を待つという交渉術は功を奏した。だがその代償として、槍三は『謝り屋』あるいは『殴られ屋』と陰口を叩かれるようになり、すっかり腑抜けとなった。

（それでもいいのだ）

ことあるごとに槍三はそう己を慰める。上を望めば誰かを蹴落とすことになる。その結果、血が流れるのはもう御免だった。

望むのはこのまま何も起こらず、平穏の中に一生を終えることだった。

これまではその望み通りに生きてこられた。

それが今回ばかりは、そうはいかないようだ。

藁を摑むつもりで声を掛けた飛田忠矢はとんだ人違いだった。今頃になって喜兵衛に間違いでしたとは言えない。槍三は半ば自暴自棄な気持ちに陥って、牛堀に乗り込んだ。

（このまま殺されても誰にも分からない）

暗い気持ちになったところで、いきなり障子が開いた。薄暗い部屋が急にぱっと明るくなった。目を細めながら見上げると、障子を開けたのは藤本湛山だった。

「お主は、山槍と呼ばれておるそうだな。綽名の意味を教えてはもらえまいか」

「それは――」

槍三が答えられずにいると、

「たったひとり陣屋に残された者であるからには、切れ者かと思っていたが、お主はとんだ食わせ者だ。単なる捨て駒だったとはな」

と、湛山は続けた。

「それがしのことはどうでもよい。それより、空の陣屋に強訴しても何も得るところはなかろう」

必死の思いで、槍三は言葉を投げた。

「ならば教えてやる。もともと強訴などどうでもよいのだ。百姓を集めたうえで、陣屋に火を放つ。百姓の中からも多数の死者がでるだろう。燃え尽きた陣屋を見て、参勤から帰った新庄の殿様はどう思うだろうな。当然、御上にも知れて、責任問題にもなる」

「まさか、そのためだけにこれほどの人手を集めているのか。麻生の百姓は馬鹿ではない。そんなあくどい計画には加担せぬぞ」

槍三はあまりにも凶悪な計画に驚きながらも、言い放った。

「どんな賢い人間も欲の前では馬鹿になる。百姓の目の前には飛びつきたくなるような餌をぶら下げておいたから、心配は無用だ」

「それにしても、なぜここで計画をばらすのだ」

殺されるのかもしれない、と身構えながら槍三は尋ねた。

「お主が山槍だからだ。これ以上の説明はあるまい」

湛山は充血した真っ赤な目でにやりと笑った。

「こちらにも策はある」

苦し紛れに槍三は言ったが、

「その策とやらが何だかわからぬが、水戸の援軍が得られず残念だったたな」

愉快そうに笑いながら、湛山は脇差を抜いた。

いよいよ殺されるのかと覚悟をした槍三だったが、湛山は縄を切っただけだった。

「もう、行ってよいぞ」

湛山は呆気ないほど簡単に槍三を解き放とうとした。

「しばし、待て」

同時に隣の部屋から声が掛かった。するすると、障子が開けられた。

現れたのは、口元から鼻まで覆い隠した宗十郎頭巾を被った小柄な男だった。

「これは――」

湛山は驚いたような表情を浮かべながらも、頭を下げた。

「山槍殿と直接話がしたくなったのだ」

槍三に目を向けた男の声は低く、落ち着いている。

「もしかするとあなたさまは鳥居甲斐守殿ではござらぬか」

その男の冷たくも透き通った目を見た槍三は直感した。

「いかにも。よくお分かりになりましたな」

耀蔵はゆっくりと頭巾を取った。

現れたのは実直そうな顔である。表情だけ見ると、どこにそんな押しの強さが潜んでいるのかと思うような落ち着いた雰囲気を持っていた。広い額と涼しげな目は儒学者として名高かった父親の林述斎譲りであろう。いかにも聡明そうな顔付きだ。

「なぜ姿をお見せになったのでございますか」

ここで姿を現せば黒幕は自分だと言っているも同然だ。糾弾の手が伸びるのは確実である。槍三は不審に思って尋ねた。

「それがしの身を案じてくださっておるなら、それには及ばぬ。貴殿の話と、それがしの話、御上に信用されるのはどちらであろう」

「どちらが信用されるかは、試してみなければ分かりませぬ」

「蟹は甲羅に似せて穴を掘ると申す。貴殿は自分の掘る穴があまりにも小さいことに気づいておられぬようだ」

「そのお言葉はそっくりそちらにお返しします。いかに権力に近い位置におられようとも、しょせんは虎の威を借る狐ではありませんか」

「近頃は武士の中にも無知な者が多くなった。無知は高くつくということを、身をもって教えてやらねばならぬようだ。特にそのほうの親玉にな」

冷たく言い放った耀蔵の目がおそろしいほど鋭く光った。

「それがしをこの場で殺すおつもりか」

耀蔵は目で人を殺せる人間だと思いながら、槍三は尋ねた。

すると、耀蔵は大きな声を立てて笑い出した。まとわりつくような不快な笑い声だった。

「殺すだと。貴殿は殺す価値もない。それにせっかくの客を殺してしまっては、そちらの馬鹿殿に報告する者がいなくなる」

しばらく笑ったあとに耀蔵が冷たく告げると、

「馬鹿者には馬鹿者がつるむというわけでございますな」

湛山も笑いながら言葉を添えた。

「たいした余裕だが、窮鼠猫を嚙むというたとえもある」

槍三は唇を嚙みしめながら言った。それにしても耀蔵というのはどういった男なのだろう。ささいなことから募らせた恨みを全力で晴らそうとしている。それだけでなく、こうして自ら姿を曝してまでして、自己を顕示しようとしている。

およそ、尋常の秤では計ることができそうになかった。

「聞くところによると、手妻師の言いなりになっておるそうではないか。どんな見世物を見せてくれるのか楽しみにしておるぞ」

耀蔵はそこまで言って、手で槍三を追い払う真似をした。

「帰ってよいぞ」

湛山が口を添えたので、槍三はゆっくり立ち上がった。

(殺されなかったのはもっけの幸いだ)

帰ろうと障子に手を掛けたとき、

「湛山、客人に土産も持たせずにお帰しするとはあまりにも気が利かない仕草ぞ」

背中越しに耀蔵の声が聞こえた。

「土産など――」

いらぬ、と振り返ろうとした槍三だったが、背後からさっと目隠しをされた。同時に腹部に鈍い痛みを覚えた。湛山が殴ってきたようだ。その後は、拳と蹴りを山のように浴びせられて、いつしか気が遠くなった。

二

槍三が牛堀の旅籠にいたころ、忠矢はひとり霞ヶ浦の湖畔まで足を延ばしていた。

「秋恵、そちらの世界はひとりでは寂しいようだな」

この旅は秋恵の遺言により、大津浜に骨を沈めるために来た。秋恵の導きにより、これからの人生を生きていくうえでの糧となるような成功を収められるような気もしていた。

だが、あの世から秋恵に招かれているのではないかと思い直した。忠矢はその招きを受けようと思った。生前に何もしてやれなかったせめてもの罪滅ぼしである。

どうせ、この先もいいことなどなにひとつないに違いない。たったひとつの失敗で浮上の機会もなく、底に沈んだまま人生を終えるのは無念であったが、ほっとした気持ちもある。死んでしまえば、過去の失敗を悔やむことも、水戸藩士だったゆえに虚勢を張ることもしなくて済む。

おまけに、死地へ赴く前に派手な花火を揚げることもできそうだ。今までは詰まらない浪人者であったが、最期は武士らしく死ねる。いくら憎んでも憎み足りない藤本湛山こと足立半平太を相手に華々しく戦って、麻生の露と消えるのだ。

槍三が刀を遣えなかろうが、半蔵がいなくなろうが、もはや関係ない。勝とうと思うとあくせく考えなければならなかったが、死ぬだけなら、思い切ればいいだけだ。

「もうすぐ、俺もそちらの世界に参るぞ」

忠矢は頭の中にある秋恵に言うと、立ち上がった。

憂いは注連縄だとか、落とし穴といった子供だましの作戦を立てて後世の笑い者になることだけである。

もともと手妻師を頼りにしようなどとした弱気な気持ちが悪かったのだ。

忠矢自身には奇策などない。何百もの百姓を相手に正々堂々と立ち向かって説得し、通じなければ武士としての壮絶な死にざまをみせるだけである。

そのためには竜吉を追い出してでも、こちらの遣り方を押し通さねばならない。

大手道を歩いていると、向こうから清兵衛が近づいてきた。

「どこに行ってたんですか。探していたんですよ」

清兵衛は目が合うなり告げた。

「朝っぱらからずいぶんと早いではないか」

忠矢の気分はすっかり落ち着いていた。

「ええ、今日から大道具作りです。忠矢さんも力を貸してください」

忠矢と肩を並べて歩きながら、清兵衛は言った。

「そのことだが」

忠矢は足を止めた。

「竜吉を信じられないと思う気持ちはわかります。でも奴だって、注連縄とか、落とし穴で何百という相手を防げるとは考えておりません」

「ならば、なぜ昨夜はわざわざそのような稚拙な策を告げたのだ」

「あいつはしばしば、俺にも何も教えず事をなそうとします。あいつなりに何か考えがあるのだと思います。それに事前に内容を教えられていないからこそ、奴の芝居を楽しめるのです」

「よいか、これは芝居ではない。相手の正体はあの卑劣な半平太だ。秘密を知っている俺たちの命を是が非でも獲ろうとしてくるぞ」

「忠矢さん、俺だって今度の勝負が命懸けなのは分かっています。竜吉だって同じです。下手をすれば命がないと分かっています」

清兵衛の顔は真剣そのものだった。

「町人の奴がなぜ、命を懸けると申すのだ」

そこまで言われても忠矢には納得がいかない。

「竜吉は、今回の作戦を手妻と同じと考えています。そして、手妻は竜吉の命そのものなんです」

「生憎だが、俺には手妻のために死ぬつもりなどない。命を懸けているのは竜吉ひとりではないぞ。ほかの六人の命が懸かっているのだ。事前の説明がない作戦は認められぬ」

いくら清兵衛が力説したところで、忠矢は得体の知れない作戦に命を預ける気にはなれなかった。

「忠矢さんの指摘はもっともです。戻ったら竜吉にきちんと説明させましょう」

清兵衛が肯定したのを見て、忠矢は再び歩き始めた。

陣屋の一室には竜吉、半蔵、榊、谷頭の四人が集まっていた。

「忠矢殿、昨夜は酒が入っていたとは申せ、失礼をしました」

部屋に入るなり半蔵が立ち上がって、頭を下げてきた。

「謝らねばならぬのはこちらのほうです。経緯はどうあれ、身分を偽ったのは間違いないのですから」

慌てて忠矢も頭を下げ返した。

「儂も言い過ぎた。だが、お札や落とし穴を頼りにせねばならぬと申すのなら、今すぐこの場を辞さねばならぬ」

そこに割って入ったのは榊であった。

「江戸に戻りたいなら、すぐ戻ればいいじゃねえか。奇しくもここに集まった連中はそれぞれ特技を持っている。俺は弓と鉄砲、忠矢さんは神道無念流の剣、半蔵さんは無外流の居合、槍三さんは無類の馬鹿力、竜吉は手妻、清兵衛さんは火薬についての並外れた知識だ。それに引き換え、あんたの特技はなんなんだい」

谷頭は面白い問いを投げた。

「馬鹿にするでない。こうみえても、古今東西の戦略という戦略がこの頭に入っておる」

榊は顔を赤くして抗弁した。すぐに感情が顔に出る男だ。

「ならば軍師はあんただ。作戦を立てている竜吉を追いやらねえと、あんたの立ち位置はなくなるぜ。もっとも、あんたの居場所なんぞ、端からなかったのかもしれねえがな」

谷頭は朝だというのに、瓢簞に入った酒を飲んでいる。

「いずれにせよ、それがしも榊殿の意見と同じだ。何百もの百姓と対峙せねばならぬ我らは命懸けだ。子供騙しの仕掛けに頼るわけにはいかぬ」

今度は半蔵が言った。

「仕方ねえな。では教えてやるが、今度の主役は手妻と花火だ」

竜吉は真顔で答えた。

「ふざけるな。これは大道芸ではないぞ。俺は一命を賭して百姓衆の説得を試み、聞き入れられなければ湛山相手に討死にする覚悟だ」

忠矢は竜吉の態度に腹が立った。

「それがしも麻生の地で荼毘に付されようと構わぬと思っておる」

忠矢の言葉に、しばし咳き込んでいた半蔵が賛意を述べた。

「ちょっと待ってください。死ぬことばかり考えず、生き延びることも考えましょう。手妻は時として幻術になるし、花火も武器になります」

清兵衛は慌てて言った。

「花火が武器になると申しても、花火を作る火薬がないではないか」

榊がしごく当然のことを言った。

「火薬か。火薬はこれです」

清兵衛は蛇の入った箱を持ってきた。その箱をいじると、底が分離した。渋紙が見える。清兵衛がその渋紙をめくると黒い粉末が姿を現した。

「それは黒色火薬ではないか」

榊は驚いたような顔をした。忠矢も同様に驚いた。火薬の量は多い。黒色火薬とは、硫黄(いおう)、硝石(しょうせき)、炭の三成分からできた火薬であり、おもに花火に使用されている。

「こんな大量の火薬をどうするつもりだったのだ」

忠矢が尋ねた。

「水戸は火薬の値段が安い。自分だけの花火を作るために火薬は欠かせませんから、買いだめしておいたのです」

清兵衛はすらすらと答えた。

「花火を武器にするとは、打揚げ花火を群衆の中に打ち込むとでも申すのか。なるほど、絶大な効果がありそうだ」

榊が感心した。

「効果があるかどうかは、一種の賭けだ。効果がなかったときは収拾がつかなくなる」

忠矢は反対だった。花火で百姓が撤退するとは思えないし、だいいち混乱した場で命を落とせば、ただの頓死となる。

「確かに花火を打ち込まれた百姓は、手負いの猪のようなもんだ。一気に押し寄せてくるかもしれねえぜ」

谷頭も忠矢と同じ意見のようだ。

「やはり、正面から立ち向かうべきだ。命を懸けて説得すれば道は開けるかもしれぬ」

忠矢が決意を新たにしたとき、倒れこむようにして槍三が戻ってきた。顔面がひどく腫れあがっている。

「いったい、誰にやられたのですか」

忠矢が問うと、

「まずは水を一杯飲ませていただけませんか」

槍三は顔をしかめながら言った。槍三の言葉を聞いて、清兵衛が素早い身のこなしで水を汲んで持っていった。

槍三は水を一気に飲み干してから、先ほど牛堀で起こった内容を話し始めた。

「鳥居甲斐と申す男はどこまで自信家なのだろう」

腕組みをして聞いていた半蔵が口を開いた。

「正面突破ができないと分かったいま、我らに残っている道は落とし穴だとか、花火だとか幼稚な策のみだ」

榊がぶつぶつと文句を言うと、

「うるさい奴だ。そんなに嫌なら軍師らしく、自分で代わりの作戦を考えりゃいいじゃねえか。俺は、花火なんておもしれえと思うぜ」

谷頭は空になった瓢箪を転がした。

「いや、相手の狂暴な意図が判明した以上、ここに集まったみなさんを危険な目に遭わせるわけにはいきませぬ。約定(やくじょう)通り金子(きんす)はお支払いしますので、もうこの地に留(とど)まる必要はありません」

檜三は身体が痛むのか、時折、顔をしかめながら言った。

「せっかくの檜三殿のお言葉だ。ここではっきりさせよう。陣屋に残る者は挙手してほしい」

忠矢が告げると、半蔵の手が挙がった。続いて清兵衛と竜吉の手も挙がった。少し遅れて谷頭の手も挙がった。

「では、陣屋を去るのは榊殿だけということでよろしいだろうか」

忠矢が言うと、

「――いや、儂も残らせてもらう」

榊が迷った挙句といった表情で告げた。

「あとは、湛山たちにどう臨むかだ。正攻法で当たることができない以上、竜吉の策に賭けるしかないようだ。異論のある者は手を挙げていただきたい」

忠矢が続けたが、今度は誰の手も挙がらなかった。

「演芸の玄人に素人が口を挟めるわけがねえ。黙って俺の言うことを聞いてりゃいいんだ」

さらりと口にした竜吉の言葉が忠矢の気に障った。

「おい竜吉、これは戦いだ。俺たちだけでなく、槍三殿の命も懸かっている。それを演芸とは何という言い草だ」

忠矢は我慢ならなかった。

「侍は、戦だ、命懸けだ、といえばいいと思ってる。そいつは違うぜ。俺たち町人だって、命を張って生きているんだ」

竜吉は正面から忠矢を見た。

「よいか、このたびは勝ち目のない戦いだ。命を失う覚悟ができているのだろうな」

忠矢は睨み返した。

「なんだって。忠矢さんは、戦う前から負けると決めてかかっているのかい」

竜吉は意外なことを言い出した。

「勝利を願ってはいる。だが、時として人は勝てないと分かっている戦いに臨む必要がある」

忠矢としては必死の覚悟を述べたつもりだが、

「こいつはおかしいや。自分の台詞に酔っているんじゃねえか」

竜吉は笑い出した。

「人の必死の思いを笑うとは無礼な奴だ」

思わず、忠矢はかっとなった。

「瓢箪は動かねえ。みんなそう思っている」

立ち上がろうとする忠矢を手で制して、竜吉は床に転がっていた瓢箪を手にした。先ほどまで谷頭が口にしていた瓢箪である。竜吉は瓢箪を立てたあと、何やら口の中で呪文らしきものを唱えた。だんだんと竜吉の顔が上気してきた。鬼気迫る表情である。呪文を唱える声も次第に大きくなった。

「阿耨多羅三藐三菩提、えい」

竜吉は大音声で告げると、人差し指と中指で作った手剣で瓢箪に向かって印を切った。そのうえで、ゆっくりと瓢箪を倒す。

するると、瓢箪はひとりでにころころと動き始めた。

「おお」

一同の中から感嘆の声が漏れる。

「念ずる力は物さえ動かすんだ」

瓢箪を拾い上げた竜吉は元のように立てて置いた。

「こんちころ、か」

榊が呟いた。

「さすがは兵学の先生は物知りだ。手妻の名前まで知っているとはな」

竜吉は榊を見た。

「今のは手妻なのか」

谷頭は大きな声を上げた。

「言われなけりゃ分からなかっただろう。安倍晴明とかいう昔の陰陽師や果心居士や飛び加藤といった幻術師も、今のような手妻をさも本当のように行ったに過ぎねえ」

竜吉は瓢箪を手にした。

「飛び加藤ってのは、忍びじゃねえか」

谷頭は首を傾げた。

「昔は忍びも幻術師も同じようなもんだったのさ。いわば手妻師の仲間だ。だから手妻師は幻術師にも、忍びにもなれるんだ」

竜吉はちらりと榊を見ると、瓢箪を逆さにした。すると、瓢箪の中から何かぬめっとしたものが床に滑り出た。

「泥鰌じゃねえか」

中に泥鰌がいるとは思ってもいなかったのだろう。谷頭は目を丸くした。

「俺はトモオが酒を飲んでいた瓢箪が空になったのを見計らって、こっそり泥鰌を忍ばせた。呪文を唱えて瓢箪を横にする際、今度はそっと塩胡椒を入れたんだ。すると中に入っていた泥鰌が暴れたんで瓢箪が動いたようにみえたって寸法さ」

「……儂は、このこんちころと申す手妻のような者に過ぎぬ」

榊は、珍しく真剣な表情になって辺りを見回した。

「何の話をしておるのですか」

忠矢には榊の言わんとするところが分からなかった。

「儂は己が負け犬であることに耳をふさいで生きておる。大層なことを言っても中身は伴わない。ちょうど、この怪しげな手妻の仕掛けと同じようなものだ」

「俺たちは瓢簞の中の泥鰌か。こいつは言う通りだ」

谷頭は自らを嘲けるかのように呟いた。

「俺が言いたかったのはそんなことじゃねえ。種を聞いちまえば子供騙しで下らねえものに思えても、演じ方次第では人を仰天させられるんだ。人だって同じだ。自分が詰まらない人間だって考えていても何にもならねえ。逆に堂々と生きてりゃ、いつか周囲をあっと言わせることもできる」

竜吉は胸を張った。

「なるほど、考えようによっては手妻からでも人生訓を得られるということか」

今日に限っては、どうしたわけか榊は大言壮語を引っ込め、やけにしみじみとした表情であった。

「落とし穴も、花火も使い方次第ってわけか。おもしれえじゃねえか」

榊の言葉に場はしんみりとしかけたが、いきなり谷頭は声を立てて笑い出した。

「当たり前だ。勝ちを狙いにいってこそ勝負ってもんだ」

竜吉も威勢のいい調子で答えた。

「ならば、ここで無駄に過ごしている暇はない。槍三さん、脇差を二振り貸していただけませんか」

清兵衛はすくっと立ち上がって言った。

「何にお使いになるのですか」

槍三に問われると、

「裏の竹やぶまで行って、昔を取り戻してくるんですよ」

清兵衛はにこやかに笑った。そのうえで、

「あと、これを用意しておいてほしいんですが」

清兵衛は懐から紙を取り出した。紙にはなにやら書かれている。

「薬研、焼酎、木槌ですか……。なんだかさっぱり分かりませぬが」

紙に目を落とした槍三は首を傾げた。

(清兵衛殿は諸小太刀の稽古か)

忠矢は思った。以前、清兵衛は竹やぶで小太刀の稽古をしたと聞いた覚えがあるからだ。

「俺もおちおちとはしてられねえな。槍三さん、蔵には種子島はあるかい」

清兵衛が出て行くと、今度は竜吉が槍三に尋ねた。

「二十挺ほどありますが……」

「百姓衆を相手に鉄砲を持ち出すとは、御公儀にお咎めを受けるのではないか」

言葉を濁した槍三の胸中を代弁するかのように、半蔵が言葉を続けた。

「百姓じゃなく、陣屋に押し入ろうとしたわけの分からねえ浪人者を撃つんだったら構わねえだろう。トモオは銃の手入れだ」

「また呼び捨てにしやがって。まあこの際だから許してやる。俺は鉄砲の状態を確かめてくるか」

谷頭も立ち上がった。

「では、こちらです」

槍三は、まだふらつく足取りで外へ出て行った。その後を谷頭が追った。

ぽつんと座っていた榊が尋ねた。

「して、儂は何を？」

「馬子にも衣装、鼠みたいなおじさんにも衣装だ。まずは着物を選びに行くか」

「衣装とは何のことだ」

首を捻りながら、榊も竜吉に従って出て行った。

三

屋敷の中には忠矢と半蔵のふたりが残された。

「騙す気は毛頭ありませんでしたが、結果として嘘を吐いていたのは事実です。申し訳ございませんでした」

この機会を逸してしまえば、もう二度と半蔵とじっくり話すことはないかもしれない。忠矢はきちんと謝罪しておきたかった。

「ひとつだけ聞いておきたいのですが、なぜ槍三殿を助けようと思ったのですか」

刀を抜いて、刃文に目を落としていた半蔵は顔を上げた。

「それが……。一言では言い表せないのです」

忠矢は旅の目的や水戸を去るきっかけになった大津浜事件のことなどを話した。そのうえで、今回の件を成功させて、捲土重来を期したかったと告げた。

「人は何かを得るためには、何かを失わねばならぬ。確かに貴殿が失ったものは大きかったが、並みの人間なら決して手にすることのない高貴なものを手に入れたのではありませんか」

半蔵の言葉には温かいものが感じられた。

「高貴なものなど、何も得てはおりませんが……」

「誇りを得たではないですか。人はなかなか胸に抱いた算盤(そろばん)を捨てきれないものです。その算盤を投げ捨てたのだから立派なものです」

「失礼ながら、それは半蔵殿が名を成し、功なった今だからこそ口にできるお言葉ではないでしょうか」

「功か……。功とは何であろうな。槍三殿は交渉に負けた相手方の武士が切腹したと申されておったが、それがしも他人の血を吸って今の地位に座っておるようなものだ」

半蔵は苦渋に満ちた表情を浮かべた。

「そのことを後悔しておいでなのですか」

「いや、後悔はしておらぬ。もし人生を再び歩むとしたら、同じような道を選ぶでしょう」

「それが成功したことの証左ではないでしょうか。手前は二度と同じ道は選びたくありません」

「違う道を選んだとしたら、貴殿は何を得て、何を失ったのであろうな」

半蔵の問いは忠矢の胸に刺さった。

「おっしゃりたいことは分かります。ですが、違う道を選んでおれば亡き妻にはもっと楽な暮らしをさせてやれました」

「奥方は犠牲になったと思っておったのだろうか」

「口には出しませんでした。ですが、赤貧を洗うような暮らしの中で幸せだったはずがありません」

「これまで隠しておりましたが、実はそれがしは労咳病み(ろうがいや)なのです。死期を悟ったときに、胸に去来する思いこそ、自分の本心なのだと考えるようになったのです」

「それは……。死に場所を求めて鹿島に来たとおっしゃった言葉は半ば本当だったのでございますか」

「そういうことになりますな。死ぬ直前に自分を誇らしく思えるだろうかと考えると、残念ながら首を縦には振れないような気がします」

半蔵はじっと忠矢の目を見つめた。

「もしかすると、それが鹿島神宮で申された忘れ物でございますか」

「いかにも、その通り。あとどれくらい生きられるのか分かりませぬが、最期に自分で自分を褒めてやれるような行いをしたい。そればかりを考えております」

「そうですか……」

「ですから、斬り合いになった際は手前が一番危険な部位を守ります。まだ先のある貴殿は命を粗末にしてはなりませぬぞ」

「しかし、手前も死を覚悟しております。戦いになれば藤本湛山こと足立半平太はそれがしを狙ってくるでしょう。真剣での戦いでは手前に勝ち目はありませんん」


忠矢は正直に内心を吐露した。

「そんな弱気でどうするのです」

半蔵は励ますように言ったが、忠矢には先日の湛山の太刀筋が脳裏にこびりついて離れない。その忠矢を半蔵はじっと見ていたが、

「いいでしょう。刀を持って庭にお越しくだされ」

おもむろに立ち上がった。

「何をなさるつもりですか」

「稽古ですよ」

　問い掛ける忠矢ににこりと笑うと、大刀を手にした半蔵は庭に降りた。忠矢が続く。ふたりは一間の距離を置いて対峙した。半蔵は手に持っていた大刀を腰に差した。

「それがしが余命いくばくもないというのは先ほどお教え申した。隙あらば斬ってもらっても結構」

「お戯れを。半蔵殿の腕は湛山と同格、もしくは湛山以上とお見受けしております。湛山に手も足も出なかった今の手前の実力では、歯が立ちませぬ」

　氷のような目を見れば、半蔵が本気であることは分かる。本気で立ち向かえば、忠矢か半蔵のどちらかが怪我をする。そして、怪我をするのは忠矢自身である公算が高い。

「頭の中で判断したものを信じようとし過ぎるのが貴殿の欠点だ。勝利は必ずしも知恵の中から生まれるとは限らぬ。番狂わせを偶然の賜物と申す者もおるが、それは違う。番狂わせとは勝利を信じ、かつ慢心せぬ者にしか訪れぬものだ」

　半蔵は厳しい目付きで忠矢を睨んだ。普段は感情をほとんど顔に表さないが、ひとたび剣を手にすると、底しれぬほど冷ややかな表情が浮かぶ。忠矢は背筋が寒くなるのを感じた。だが、同時に己の剣の腕を確かめたい気持ちも大きくなった。

「あんたら、何をやってるんだ」

そこに戻って来た谷頭が大声を発した。

「これは稽古だ。黙っていただきたい」

半蔵が短くも威厳のある声で告げると、谷頭もそれ以上、言葉を継げなかった。

忠矢は刀をゆっくりと抜いた。その上で正眼（せいがん）に構える。一方の半蔵は抜かない。居合で対抗するつもりのようだ。

湛山と半蔵。湛山は長身であり、半蔵は短軀（たんく）であるが、受ける圧力は同じだ。忠矢は踏み込めない。じりじりと左回りに足を運ぶだけで、前には出られなかった。

もともと細い半蔵の目が更に細くなった。まるで目をつぶっているかのようだ。

「参る」

活路を見出すため、忠矢が踏み込もうとした刹那（せつな）、逆に半蔵の刀が煌（きら）めいた。

刃唸りを立てるほど鋭い太刀筋だ。

（遠い）

忠矢は見切ったと思ったが、刀はさらに伸びて、忠矢の胴を掠めて行く。避けると同時に振り降ろした忠矢の太刀は、もとより狙ったものではない。勢いこそあるが、半蔵の身体を捉えられはしない。

難なく居合の間合いに戻した半蔵は、抜いた刀を鞘に納めた。

（あくまでも、居合で対するつもりか）

忠矢は構えを上段に直した。半蔵より上背がある分、上からの圧力を掛けるつもりだった。

得策ではなかった。がら空きとなった胴に寒気を覚える。武骨の士である半蔵の心持ちは、先ほどの容赦ない太刀筋を見ればよく分かった。

忠矢は慎重に構えを正眼に戻した。そのまま、動かなくなった。気持ちは落ち着いていた。斬られたなら、死ぬだけだと覚悟した。

風が忠矢の頬を撫でて行く。雲が流れ、陽が陰った。

その刹那。半蔵が動いた。居合で抜き放たれた白刃が生き物のように、伸びて来る。

忠矢の頭の中が白くなった。

咄嗟に繰り出した太刀筋が、半蔵を捉えた。同時に右腕に鋭い痛みを覚えた。

「これまでだ」

半蔵がすっと刀を引いたので、忠矢はやっと我に返った。見ると、半蔵の左の上腕は着物が破れ、血が出ていた。

「失礼を仕った」

忠矢は思わず頭を下げた。

痛む腕を見ると、忠矢自身も同じように斬られていた。斬られた右腕を触ると、傷は浅い。ほっとしたと同時に、今になって身体に震えが来た。

「お互いに腕を失わなかったのは、もっけの幸い」

半蔵は廊下に置いてあった雑巾を懐紙代わりにして、刀身に付いた血糊を丁寧に拭いた。

「あんたたち、頭がどうかしているぜ。今の勝負、どちらかが死んでいても、おかしくなかった」

谷頭が顔を真っ赤にして唾を飛ばした。

「あの藤本湛山と申す者にあって忠矢殿にないものが何かお分かりか」

半蔵は谷頭の言葉には答えず、命の遣り取りをした者とは思えぬほど爽やかな笑みを漏らした。

「おっしゃっておられるのは、太刀筋の鋭さでございましょうか」

「いや違う。貴殿が勝てぬのは覚悟の差だ」

「いかにもその通りでございます」

忠矢はうなだれた。

「顔をお上げなさい。お分かりになっておろうが、ただいまの勝負で、それがしは一切手を抜いておりませぬ。貴殿か、それがしが死んでもおかしくなかった。貴殿は、いわば死線をかいくぐったのです。一度、死の淵を垣間見た身であれば、もう恐れるものはないはず。頭で考えるのではなく、心で感じるのです」

そこまで言われて、はじめて忠矢は半蔵が何を言いたいのか分かった。自分の身を挺してまで、半蔵は武士としての名分を伝えようとしてくれたのだ。

「ご教授、ありがとうございました」

忠矢は深々と頭を下げた。

「もののふと申すは主のために戦う者。主持ちであれば、主の考えに己を任せるしかないが、浪人であれば己の信じることに命を懸けていいのですぞ」

半蔵の一言は、忠矢の胸に突き刺さった。

四

ふたりが屋敷の中に戻ると、ちょうど榊と竜吉が戻ってきた。

「その恰好は……」

榊の恰好を見て、忠矢は驚いた。榊はきらびやかな着物を身にまとっている。

「馬子にも衣装と言っただろう。鼠みたいなおじさんでもこうして見ると、いっぱしの軍師に見えるだろう」

竜吉は得意げに言うと、口元を緩めた。

「確かに見えなくもないが」

もし軍師役が欲しいのであれば、半蔵のほうが適役ではないかと忠矢は思った。第一、半蔵の博識ぶりは本物の軍師として通用するはずだ。

「忠矢さんの考えていることはお見通しだ。けれど軍師役は、半蔵師匠じゃだめなんだ。なぜなら、この軍師役にはいかがわしさが必要だからだ。本物か偽物か分からないようなやつがいいんだ」

「申していることの意味が分からぬ」

「別に忠矢さんに分かってもらわなくてもいいんだがな。前にも言ったんだけど、鼠おじさんを見た者は本物か偽物か悩むだろう。相手に迷わせることも手妻の本質なんだ」

　案外、丁寧に竜吉は説明を加えた。

「怪しい者がいいんだったら、おまえが自ら演ずればいいのではないか」

　忠矢は竜吉を見た。

「俺か。俺は修行僧を演じるんだ。そうだ——」

　竜吉は惚けた顔で言ったが、思い出したように外へ出て行った。

「人を偽物のように言いおって。けしからぬ奴だ」

　その竜吉の背中を榊は忌々しそうに舌打ちした。その姿は、堂々として見える。自分のことを半端者だと卑下していたときの影はない。

「本物ならば最前線に駆り出されますぞ」

　その榊を忠矢はからかった。

「いや、それは困る。いやなに、軍師というのは高見で状況を冷静に判断していなくてはならないからな」

立派な衣装を着ても中身は変わらない榊は相変わらず情けない言い訳を口にした。

「榊殿、竜吉の申す通り、手前は何百という百姓だけでなく、数十人の崩れた浪人者を相手にすることになります。もし手前が死んだなら、取り分は榊殿に差し上げます」

忠矢はさもしさを隠そうともしない榊に対して、いつの間にか好感を抱いていた。

「いくらなんでも、命を懸けてまで戦う必要はござらぬ」

榊は驚いたような表情をみせた。

「榊殿は湛山と名乗った卑劣な男の性根を知らないのでしょうが、手前は奴をよく存じております。残酷で執念深く、狙った獲物は逃がしません」

忠矢は町道場で一緒だった湛山の非道な行為を話した。

「そうだったのですか……。そんな悪党に対して、こちらは手妻師のいいなりか。いかにも頼りない。竜吉の計画とはいかなるものだろうか」

湛山の人となりを聞くと、榊は不安そうな表情を隠しもしなかった。

「気を悪くしないで聞いていただきたいのですが、榊殿は本当に平山子竜殿の弟子だったのでございますか」

「疑っておられるのか」

榊は顔をさっと赤らめた。

「ただ事実は事実として知っておきたかっただけにございます。この期に及んで見栄は必要ありませんからな」

「嘘ではござらぬ。儂が妻を亡くして江戸に出て来てからしばらくしてからのことだ」

榊はしんみりとした表情で告げた。

「奥方はお亡くなりになったのですか。これは失礼なことをお聞き申した」

誰にでも語りたくない過去はある。江戸には妻と三人の子供がいると榊は言っていたが、忠矢は詮索をやめた。榊が後添いをもらったのであろうと、経歴が嘘であろうと、忠矢の生死には関係ないことだ。

「こいつは大掛かりな舞台道具だ。手伝ってくれないか」

そこに大量の縄と鋤を手にした竜吉が戻った。どことはなしに、竜吉は楽しそうである。

忠矢と榊を伴った竜吉は、正門前の大手道に縄を持ち込んだ。

「本当に結界を作るつもりか」

いぶかしがる忠矢を無視して、

「両端を樹に結んでくれ」

竜吉は大きな声で指示をした。忠矢と榊は縄の両端を樹に結んだ。堀のすぐ前を縄で塞ぐような恰好となった。

縄の曲がりを慎重に確認していた竜吉は、

「まあ、いいだろう」

と、言いながら懐から何枚もの紙垂を取り出した。その紙垂を縄の何箇所かに結び付けて行く。

「相手は神罰など、恐れる人間ではないぞ」

「いいや、浪人はどうか分からねえが、百姓は神罰を恐れるよ」

忠矢の言葉を、竜吉は真面目な顔で否定した。

「ふざけるな」

あまりにも無意味だと思った忠矢が続けようとしたが、竜吉は手で遮ったうえで、

「よし、次は落とし穴だ」

澄ました顔で告げた。

「落とし穴など一時しのぎに過ぎぬ。それに、見境もなく穴を掘れば、味方が落ちてしまうぞ」

堀と正門の間は三十間（約五十五メートル）弱ほどの距離がある。忠矢は周囲を見回しながら、指摘した。

「だから、落とし穴は堀に最も近い場所に掘る。それに穴は、ひとつ掘れば十分だ」

大きな声で返って来た竜吉の答えは、あまりにも意外だった。

「たったひとつの落とし穴でどうするつもりだ」

今度は榊が驚いたように聞き返した。

「手妻をするのさ」

竜吉は、わけのわからない言葉を口にして忠矢と榊のふたりを煙に巻いた。同時に地面に棒で線を引き始めた。

「それも何かの手妻の仕掛けか」

忠矢が尋ねると、

「いや、この線より堀に近づくと落とし穴があるって印だ。俺たちはこの線を越えちゃなんねえ」

　と、竜吉は真面目な顔をして答えた。

　長屋に戻ると、谷頭が佐々となにやら話し込んでいるところだった。

「こいつは面白い光景だ」

　榊はふたりを冷やかそうとしたようだったが、忠矢が押し留めた。

「そっとしておいてやりましょう」

　忠矢は先日、許嫁（いいなずけ）を亡くした話をした谷頭の悲痛な表情を思い出して言った。その谷頭がいまは笑みすら浮かべて若い女と話をしている。ここはそっとしておいてやるべきだ。

「鼠おじさんは人情の機微ってやつに鈍感なんだなあ。そんなことじゃ、優（すぐ）れた手妻師にはなれねえぜ」

「もとより手妻師になどになるつもりはござらぬ」

　からかった竜吉に、榊は真面目な顔で反論した。

「馬鹿だな。手妻師になれる者は、ほかのどんな職もこなせるほど器用なんだぜ」

竜吉も真顔になって言い返した。

「茅屋(ぼうおく)をぞうおくなどと申しておる者に馬鹿呼ばわりされる身ではござらぬ」

榊は顔を真っ赤にした。

親子喧嘩(げんか)のような口論を聞いて、忠矢はにやりとした。一度はばらばらになった七人の結束力が徐々に強くなっているように思える。

だが、相手は湛山である。竜吉はどう考えているのか分からないが、仲間内から死傷者が出るのは避けられないであろう。

(谷頭と佐々の仲が進むとよいが)

忠矢は再び谷頭を見た。谷頭は自堕落だが、根は悪い人間ではなさそうだ。忠矢はいつの間にか谷頭に好意を抱くようになっていた。

半蔵は忠矢の盾になると言ったが、忠矢自身は谷頭たちの盾にならねばならない、と改めて思った。

五

昼食を終えたころになって、陣屋に大量の木材が搬入されてきた。

「この木材は何だ」

　忠矢が呆(あき)れていると、

「櫓(やぐら)を造るんだ」

　竜吉が平然と言った。

「物見櫓でも造るつもりか」

　忠矢は重ねて尋ねた。

「物見櫓じゃねえよ。せっかくこちらが手妻を演じるんだ。後ろにいる敵さんにもよく見えるように櫓に上がるんだ」

　竜吉の答えをすべて分かろうとするのは無理だ。忠矢はそれ以上の質問を諦(あきら)めた。

「櫓を組む人足(にんそく)がおらぬようだが」

　榊が不審そうな顔をした。

「俺たちで組むんだ。鼠おじさんも衣装を脱いで手伝ってくれ」

　竜吉は乱暴な口調で榊に指示をした。

「かような大量の丸太を組むとは。この力仕事の人足工賃はいただけるのであろうな」

榊はまたもや金に細かいところをみせた。

忠矢は苦笑したが、その後は笑っていられなかった。榊の指摘したように櫓用の大量の丸太を組むのは身体の節々が痛むほどの重労働だったからだ。

それでも、力自慢の槍三の活躍もあり、夕刻までには組み上げられた。竜吉は締めくくりに櫓の横に生えている背の高い椎の木の枝に滑車を取り付けた。

「暗くなるまでには、まだ間がある。次は持ち場確認だ」

張り切って告げる竜吉には疲れの色は見えない。

「忠矢さんには、櫓のある左手を守ってもらう。その右後ろに兄いとトモオだ。右端は、半蔵師匠。櫓のすぐ右側には槍三さんが立ってくだせえ」

竜吉はてきぱきと指示を加えた。

「それでは、それがしは正面に近い位置に立つのか」

槍三は驚いたような表情を浮かべた。

「なんといっても槍三さんは新庄家の正式な家人だ。他の者とは重みが違う」

竜吉は当然だという表情で言った。

「手前はただの腰抜け侍に過ぎませぬ。刀を振るえぬ身であれば、やすやすと正面突破されてしまいます」

「槍三さんも昔は強かったんでしょう。その頃を思い出して、今も強い振りを演じればいいだけだ。たとえ、中身は本物じゃなくても、それらしく演じればいいんですぜ」

竜吉は馴れ馴れしく槍三の肩を叩いた。

「そんなことをしても、攻められればすぐにボロは出る」

槍三は肩を叩かれたことは気にしない様子で、反論した。

「自分が最強の侍になったつもりで、演技に没頭すりゃいいんだ。どのみち、防衛線は三人に任せるぜ。この防衛線を突破されたら、負け戦だ」

竜吉は平然と言い放った。

「防衛線を守れと言っているくせに、演技だと」

竜吉の言葉にいちいち腹を立てていてはキリがないが、命懸けの覚悟を演技と言われては腹が立つ。忠矢の声が荒くなった。

「つぎに台詞合わせを行いますよ」

竜吉は忠矢を無視して、言葉をつづけた。

「しばし、待て。演技だとか、台詞だとか、戦いを何だと心得ておるのだ」

「うるさいなあ。稽古をしておけば、本番になっても緊張せずに済む。その場にふさわしい仕草をふさわしい台詞を伴って行えば、効果は倍増するんだ」

言葉遣いは極めてぞんざいだが、竜吉の言う内容には説得力がある。

「我らは毒を食した。ならば皿まで食わねばならぬようだ」

忠矢は半蔵に肩を叩かれた。

「第一幕は鼠おじさんの出番だ。師だったという平山何とかさんを演じるんだ」

竜吉は忠矢には構わず、榊を連れて櫓に上がっていた。

「馬鹿を申せ。先生はとっくに亡くなられておる」

榊は大きな声で反論した。

「では先生の高弟で、いちばん鼠おじさんに年恰好が似ている者は誰だい」

「平山四天王の中では、松村伊三郎殿が同い年であったが……」

「よし、じゃあ、鼠おじさんは今からその松村さんだ。この七人の作戦を練っているのは松村さんだってことにしよう」

「松村殿とそれがしは同い年で背恰好は似ているが、顔かたちはまったく異なっておるぞ」

「いいんだ。どうせ、わかりゃしねえよ。まず『我こそは平山四天王のひとり松村なんとかだ』と名乗りを上げてもらい、『それがしが加担したからにはおまえたちの好きなようにはさせぬ』と続けてもらいたいんだ。実際に言ってみてもらえねえかな」

竜吉は榊のそばに寄った。

「何とも気恥ずかしいものにござるな」

榊は照れたが、

「鼠おじさんの出番はここだけだし、最初が肝心だ。それに何事も最初が一番の見せ場なんだぜ」

竜吉に告げられると、榊は急に張り切りだした。それでも最初のうちは恐る恐るという感じであったが、段々と堂に入ってきた。

「いいんじゃねえかな。次は修行僧に化けた俺の出番だ。その後、浪人たちが攻め込んできそうになったら、槍三さんの台詞が入る」

櫓をするすると降りてきた竜吉が続けた。猿のような面持ち通り、身の軽い男だ。

「それがしも何か言うのですか」

榊はなかなかの名演技だったので、槍三の腰が引けたのだろう。

「大きな声を出せばいいんですよ。百姓が震え上がるほどの大音声だ。それでも浪人たちが攻めてきたときは、トモオの番だ」

「俺は台詞なぞ口にしねえぜ」

谷頭はうそぶいた。

「トモオは口より手だ。鉄砲で相手を撃退だ」

「浪人は撃ち殺しても構わねえんだな」

谷頭が確認した。

「相手は俺たちの命を取る気で攻めてくる。金で雇われた者たちゆえ、気の毒ではあるが、やらねばやられる」

谷頭の問いには忠矢が答えた。

「その次は兄いの腕のみせどころだ」

槍三を見ると、黙ってうなずいた。

清兵衛は花火作りに没頭しているとみえて、この場にはいない。

「堀が突破されたら、それがしと忠矢殿の出番というわけか」

今度は半蔵が淡々とした口調で言った。

「ああ。最前線からいったん退いて、相手を落とし穴に誘う。攻める速度が落ちたところで反撃だ」

こうして聞いていると、本当に芝居でも演じるかのような気がしてきた。常識で考えれば、万が一にも勝ち目のない勝負であるが、もしかすると勝てるように思えてきたから不思議である。

次に竜吉が向かったのは、大手道沿いにある蓮城院の境内だった。腕には大きな漁網を抱えている。竜吉は、太い幹を持つ立派な木の下まで行くと立ち止まった。

「この網は相当な重量にも耐えられるよう、三重にした網だ。こいつを岩に被せて、釣瓶の要領で、あの太い幹に吊るすんだ」

竜吉は肩から網を下ろして、その場にある大きな岩の上に置いた。

巨大な岩だったが、底のほうに棒を突っ込んだ槍三が渾身の力を込めると、岩はよろよろと転がった。

そのまま網の中に入れる。その上で、六人掛かりで岩を高い位置まで持ち上げた。さらに、網に付いた太い縄を木の幹に結んで固定した。

「かような大きな岩を何に使うのだ」

「トモオ、櫓に上って、鉄砲でこの縄を狙えるか確認してくれないか」

榊が首を捻りながら尋ねたが、竜吉は逆に谷頭に問いを投げた。

「人使いの荒い奴だ。待ってな」

谷頭はぶつぶつと文句を言ったが、嫌そうな表情は浮かべていない。

「狙えるぜ」

しばらく経(た)って、谷頭の大きな声が返った。

櫓からこの場所までは十間（約十八メートル）以上ある。難易度は高いように思えたが、谷頭の返事は即答であった。

忠矢はもう何のためか聞かなかった。聞いたとしても、全体像がみえないのでは、意味がないように思われたからだ。


長屋まで戻ると佐々が立っていた。佐々は黙って谷頭に瓢簞を手渡した。

「ありがとうよ」

瓢簞を受け取った谷頭は満面の笑みを浮かべた。

「中身は酒であろう」

さも旨(うま)そうに中身を飲んでいる谷頭を見て、忠矢は呆れながら言った。

「酒は俺にとっちゃ、命の水だ」

谷頭はにこりともせずに答えた。

「それより、あの佐々と申す娘は貴殿に気があるようだな」

今度は榊がにやっと笑ったが、

「酒を用意してくれるんだったら、どんな女でも天女様に見える」

谷頭は冗談とも本気ともとれるような台詞を吐いた。

「貴殿は酒と女と、どちらが大事なのだ」

榊は谷頭の顔を覗(のぞ)き込みながら尋ねた。

「もちろん、酒だ。女は何か月も抱かなくても平気だが、酒は一日と空(あ)けられねえ」

谷頭は当たり前の問いをするな、といった表情で答えた。

「酒は歳(とし)を食ってからでも呑(の)めるが、所帯は若いうちに持ったほうがよいぞ」

忠矢の心の中に、弟を諭すかのような心が湧いた。

「俺は二度と女には惚(ほ)れねえ」

谷頭の表情が突然、曇った。言うなり、酒を呷(あお)った。

「トモオ、酒でも女でもいいが、鉄砲の準備は大丈夫なんだろうな」

飯粒を頬張りながら、竜吉はのんびりとした口調で言った。

「猿の分際でまたもや呼び捨てにしやがって。いい気になっていると痛い目に遭わせるぞ」

谷頭の言葉も乱暴になった。

「痛い目に遭わせる暇があったら、鉄砲の手入れだ。鉄砲の状態はどうなんだ」

谷頭の怒気も、竜吉には通用しない。

「俺を誰だと思ってやがる。俺に掛かりゃ、どんなボロ鉄砲だろうとたちまち名人の持つような鉄砲に生まれ変わる」

「そいつはよかった。なにせ、鉄砲は作戦の要だ。トモオの担った役は重いぜ」

「当たり前だ。俺に任せておけば心配ねえ」

またもや呼び捨てにされたにもかかわらず、谷頭の言葉の中に怒気はなかった。

不思議だ、と忠矢は思った。

学がなく、単なる猿顔に過ぎないと思っていた男が一癖も二癖もある連中をいつの間にかまとめている。自分も駒のひとつにされたのに怒る気がしない。

(すでに奴は手妻を演じているのかもしれない)

忠矢は何ともいえない不思議な感覚を味わっていた。

六

朝になった。

昨夜は今日の朝が早いということで宴会は行われなかった。粛々と夕食を摂り、みな早々と寝たようだ。しかし、食事の間も清兵衛の姿は見えなかった。

忠矢自身は、昨夜は気分が昂って寝つきが悪かった。それでも夜の間中、吹いていた強い風の音を聞いているうちに、いつの間にか眠っていたようだ。

槍三の屋敷に一同が集まって早い時刻から朝食をとっていた。ここにも、清兵衛の姿はない。

「いよいよですな」

まだ普段着のままの榊が忠矢に声を掛けた。

「ええ。これが最後の朝食になるかもしれません」

忠矢が返事をすると、

「縁起でもない。茶でもいかがですか」

榊は手にした湯飲みを忠矢に勧めた。

「ありがとうございます。でも、こうして最後だと思うと、何もかもがありがたく感じるから妙なものです」

忠矢は受け取った茶を飲みながら言った。じっくり口にすると飲みなれた薄い番茶でさえ、味が違って思えた。

「それにしても、命あっての物種とは思いませんか」

隣に座った榊も茶をすすった。

「榊殿と違ってそれがしにはもう守るべき家族もおりません。湛山と相果てる覚悟ができております。榊殿は御身大切にしてください」

「しょせん儂は負け犬。負け犬なのに、死が怖いとは我ながら情けない話でござる」

「ここに集まった七人はみな心のどこかに傷を負っていると昨夜、半蔵殿も申されておられたではないですか。似た者同士だ。榊殿が負け犬だと申されるなら、手前も負け犬にございます」

「いや、負けるとわかっている戦いに臨もうとするのは負け犬にできることではござらぬ」

「ならば、榊殿も同じではないですか」

「いや、儂は……。しょせん、飾りものにすぎませぬ」

ふと榊は寂しそうな顔をした。

「七人とも負け犬と申しましたが、ひとりだけそうは思っていない者がおりましたな。思えばあいつの手妻に乗せられて、我らはここまで来たようなものだ」

「手妻の持つ魅力なのか、それとも人のことを鼠などと綽名するあの猿顔の魅力なのかわかりませんが、この少人数で多勢に向かっていくことができそうな気分になっているからおかしなものです」

「巷間（こうかん）で起きる一切合切は、神様が仕掛けた手妻のようなものかも知れません。我らは種は知らなくとも、不思議なことがらに何度も遭遇する」

「忠矢殿の申される通りだ。神様の仕掛けた手妻の種も知らず、儂らは、世間で起こった不思議な出来事を奇跡と呼んでみたり、偶然と申したりするのですな」

「ええ。竜吉と付き合っているうちに、手妻では種を知ることが重要なのではなく、手妻そのものを楽しむ気持ちが大事なのだと思うようになりました」

「いかにも。人は、目に見えるものばかりを信じようとするが、実は目に見えない部分にこそ本当の姿が潜んでいるものです」

榊はさもしい部分ばかりが目立つ浪人であったが、こうして話してみると意外なくらいしっかりした考えの持ち主であった。万巻の書に通じているというのは誇張があったとしても、あながち嘘とは言えないようだ。

そこにいったん外に出ていた半蔵が戻ってきた。

「槍三殿、蔵の中に眠っている刀はありますか」

半蔵は部屋に入るなり、そう尋ねた。

「ええ、何振りかあると思います」

部屋の片隅でじっと刀を見つめていた槍三が顔を上げた。

「それは重畳。血糊が付いて切れなくなった刀で後れをとるのは不本意でございます。何振りか貸していただけますまいか」

「結構です」

槍三は刀を鞘に仕舞ってから、ゆっくりと立ち上がった。

竜吉は反対の隅で何やら絵図らしきものを描いていたが、

「何振りもの刀か……。畳と組み合わせると絵になるな」

大きな声を出して、手を打った。

「トモオ、手伝ってくれ。その間に鼠おじさんは昨日の衣装に着替えておいてくれよな」

竜吉はそれだけ告げると、谷頭を連れて出ていった。

「さてと」

半蔵は辺りを見回してから、

「忠矢殿、朝の空気を吸うのはこれが最後かもしれぬ。散歩でもしませんか」

と続けた。

外に出ると薄い霧が出ていた。絹のような白く柔らかい幕の上から陽がうっすらと射し込んでいる。霧が晴れれば、いい天気になりそうだ。どこからか鳥の穏やかな鳴き声が聞こえる。

「事が起こるのが待ち遠しい反面、怖い気もしますな」

言葉とは裏腹に、半蔵の態度は堂々たるものだった。

「それがしには半蔵殿のように、冷静な心で俗界を去る準備ができてはおりませぬ。死を前にして見苦しい態度をとってしまわぬか心配でございます」

「死ぬも宿命。死なぬのも宿命。もし死ぬことがあったら潔く死を受け入れればよいし、生きて陣屋を出ることがあれば堂々と胸を張って出て行けばよいのです」

「しかし、生きてここを出て行ったとしても、待ち受けているのは負け犬としての暮らしだけです」

「いや、こたびの争いを生きて潜(くぐ)り抜けることができれば、もはや貴殿は負け犬などではござらぬ。なにせ、七人対数百人ですぞ。考えただけでも、愉快な話だ」

半蔵は声を立てて笑った。豪快な笑い声だった。

「半蔵殿とご一緒できたのは、身に余る仕合(しあわ)せだと思っております」

忠矢は深々と頭を下げた。

「忠矢殿、それがしの病は聞きましたな。どのみちそれがしは長くない。忠矢殿はまだこの先がある身だ。死ぬのも宿命と申したが、命は粗末にしてはなりませぬぞ」

半蔵はじっと忠矢の目を見た。

「ありがとうございます」

忠矢は足を止めて、頭を下げた。

「そうだ。申し訳ないが、ひとつ頼みがあります」

半蔵は懐から風呂敷を取り出して、忠矢に手渡した。

「これは？」

　風呂敷には重みがあった。

「封書が入っております。それがしが死んだら、この封書を和泉橋北詰めの上屋敷までお届けいただけますまいか。封書の中身は国元におる倅にあてた遺書です」

「縁起でもないことをおっしゃらないでください」

「もし、それがしが生き延びれば、お戻しくだされば済む話です」

　忠矢は風呂敷を押し返そうとしたが、半蔵は受け取ろうとしなかった。封書だけにしては重みがある。半蔵のことだ。風呂敷には、路銀が入っているのだろう。

「わかりました。しかしながら、和泉橋北詰めのお屋敷と申されると――」

　和泉橋北詰めと言われてすぐに思い浮かぶのは、橋の名の由来となった藤堂和泉守の屋敷である。

「いかにも藤堂家にございます。江戸家老の藤堂数馬宛に渡していただければ、万事無事うまく伝わるはずです」

「半蔵殿は藤堂家の御家中だったのですか」

　思わぬ大藩の名が出て忠矢は少なからず驚いた。

藤堂高虎を祖とする津・藤堂家は三十二万三千石の禄を食む大身である。しかも江戸家老を名指しするとは、半蔵もかなりの重職に就いていたに違いない。

「ええ。家紋などは誰にも伝えず、名もなく朽ちていこうと思っていたのですが、こんな面白い伽話は倅にも伝えてやりたくなりました」

半蔵はにこりと笑った。爽やかな笑い顔だった。

自分の死をまるで世間話でもしているかのように話す半蔵の胆力を目の当たりにして、忠矢は、藤堂高虎の遺言と伝えられている、

「寝所を出ずるときより、その日を死番と心得るべし」

という言葉を思い出した。

死ぬのが半蔵とは限らない。忠矢であっても何ら不思議ではない。

朝の空気を吸うのは最後かもしれない、と言った半蔵の言葉は、忠矢自身にも当てはまる。

人は誰も、夜の次には朝が来ると信じて疑わないが、すべての者に次の朝が訪れるわけではない。

これで最後だと思うと目にするものすべてが新鮮だった。

朝の風景を目に焼き付けた忠矢が陣屋に戻ると同時に見たのは、驚きの光景だ

った。

「おまえ、その頭は——」

目にしたのは青々と頭を剃った竜吉の姿だった。

「修行僧だから、髪の毛があったらおかしいからな」

剃りあがった頭に手をやりながら、竜吉は法衣に着替え始めた。

「それにしても、やはりこちらは怪しいな」

竜吉の隣にはきらびやかな衣装を着た榊が座っているが、言葉通り、いかにも怪しげである。

「竜吉、ぎりぎり間に合ったぜ」

そこに目を赤くした清兵衛が姿を現した。徹夜で花火作りをしていたに違いない。

「よっしゃ。じゃあ、武器の配置を確認しようじゃねえか。トモオも来てくれ」

竜吉は水を得た魚のように、生き生きとしていた。

「また呼び捨てにしやがって」

谷頭はぶつぶつ言いながら、表に出ていこうとする竜吉に従った。口ではぶつぶつ言っているものの、表情は明るい。

「そろそろ、お集まりください」

しばらくして、槍三が一同を呼びにきた。

槍三は庭の見える立派な部屋に六人を案内した。そのうえで、

「このたびは皆様を危ない目に遭わせて申し訳なく思っております」

いきなり、槍三は額を畳に押し付けた。

「よせよ。俺はこの下らない世の中に退屈していたから付き合っただけだ」

谷頭は槍三の手を取って頭を上げさせた。

「いかにも、その通り。それがしも冥途への土産が欲しかったところだ。この地で果てようと槍三殿に恨みはこれほどもない」

半蔵も言葉を添えた。

「かたじけない」

槍三は再び手をついた。

「なんか湿っぽいなあ。今回の仕掛けはかなりいい線を行ってる。自信を持ったほうがいいぜ」

そこに竜吉の明るい声が掛かった。

「いいだろう。勝って奴らを見返してやろうじゃないか」

忠矢は自らを励ますかのように元気な声で答えた。

「でも戦の前に酒盛りをするのかい」

竜吉はきょろきょろとした。目の前には三方(さんぽう)と盃が置いてある。

「何も知らねえ奴だなあ。これは水杯(みずさかずき)といって、戦の必勝を祈願して行う儀式だ」

谷頭は馬鹿にしたような表情で教えてやった。

「ああ、あれか。芝居で見たことがあるぜ。恰好いいじゃねえか」

竜吉は陽気な声を上げた。

「全員が無事で、再び会えるよう祈っております」

こちらは真剣な面差(おもざ)しの槍三が告げた。三方を回し、一人一人が順に盃(さかずき)を取った。

「必勝を！」

槍三の言葉に引き続き、残りの者が唱和し、盃を飲み干した。間髪(かんはつ)いれず、竜吉は盃を庭に投げつけた。ひとりだけだった。

「あれれ？」

竜吉は怪訝な表情で首を捻っている。

「杯を割るのは、『二度とは使わぬ』つまり、『生きては戻らぬ』の意だ」

苦笑しながら清兵衛が教えた。

「生きて戻らねえのは、俺ひとりか。そんな……」

竜吉は泣きそうな顔になった。

「これでどうだ」

忠矢は杯を投げた。続いて半蔵が投げた。残りの者も従うようにして、全員が杯を投げた。

「これなら、安心だ」

竜吉は笑顔に戻ったが、半蔵は渋い顔をしている。忠矢は心配になった。

「いかがされたのですか」

「いや……。いかなる所作か、儂の杯のみ割れておらぬ」

「縁起を担ぐ訳ではござらぬが、出陣の儀式で詰まらぬケチがついた」

半蔵につられるようにして、槍三もぽつりと呟いて仏頂面になった。

「そうだ、こうしやしょう。今のは取りやめて、刀を鳴らしやしょう」

変わり身の早い竜吉が、大きな声を上げた。

「刀を鳴らすとは、何を申しておるのだ」

忠矢をはじめ、残りの者には意味が分からない。

「ほら、鍔をチンって鳴らすやつでさあ」

「金打を申しておるのですか」

槍三が助け船を出して、一同は納得した。

「そう、それそれ。キンチョーだ」

演じている訳ではないだろうが、竜吉はどこまでも明るい。

「各々いかがか」と尋ねる槍三に反対の意見も出ず、金打を打とうと決まった。

「刀を差すと、俺もなかなかのもんだろう」

竜吉は胸を張ったが、忠矢には、猿芸の猿が玩具の刀を差しているようにしか見えない。

「では、一同が無事に帰るよう――」

「しばし、お待ちを」

槍三の言葉を半蔵が遮った。

「何か？」と聞く槍三を手で制して「金打の作法を知っておるか」と半蔵は竜吉に向き直った。

「鯉口を切ってから刀を少し抜いて、音を立てて戻す。正解だろう」

竜吉は得意げに言った。

「それは略式だ。本来は、小柄で鍔を叩くのが正しい。皆さん、それでよろしいな」

半蔵の言葉に異論を唱える者がいる訳もなく、無事に金打も終わった。

「さて、これから忙しくなるぜ」

刀を差したままの竜吉が告げた。忠矢には、本物の猿が口を利いているように見えた。

七

表に出ると、心配そうな表情をした佐々が立っていた。もうひとりの手伝いの由美の姿は見えない。

佐々は、谷頭の姿を見て駆け寄った。

「武運をお祈りいたします」

佐々は谷頭に何かを渡した。手作りのお守りのようだった。

（これ以上、見ておるのは野暮というものだ）

忠矢はそっとその場を離れ、正門前へと向かった。

以前述べたように、麻生陣屋は幅が二間ほどの堀に囲まれた、ほぼ正方形の敷地の中央に位置している。

堀から正門まではおおよそ八十間（約百四十六メートル）。

跳上げ式の橋は上げているが、堀は狭い。湛山たちは何の躊躇いもなく、梯子や板を並べて雪崩れ込んでくるだろう。正門は堅固だが、門の横に続く塀は脆弱である。堀が突破されてしまえば、陣屋自体の防御力はないに等しい。

勝負は堀を巡る攻防となる。普段であれば、甚だ頼りない狭い堀が、今朝は重要な鍵を握ることとなる。いずれにせよ、堀から門までの広場が主戦場になるであろう。

「何だ、これは」

広場に着いた忠矢は驚いた。

櫓ができただけでも奇妙な光景だったのに、今朝は櫓の左側に目の細かい矢来が組んである。その矢来の目の中には細い竹が一本一本差してある。

「忠矢さん、これが俺の自信作だ」

目を充血させた清兵衛が胸を張った。

「これはもしかすると花火ではないか」

「もしかしなくても花火ですよ。俺らは龍勢と呼んでいましたが、打揚げ花火の一種です」

清兵衛は今になって握り飯をかじっている。

龍勢とは、現代のロケット花火に似ている。元来は豊作を祈願して、揚げられた奉納花火だ。大掛かりな花火であるが、今回の龍勢はずいぶん小振りである。

部屋にこもり切りだった清兵衛はこの花火を作っていたのだ。

「いよいよ手妻と花火の共演か」

忠矢はこの前、清兵衛が話していた台詞を思い出した。わずか四日前の会話なのに、もうずいぶん昔のことのように思える。

「これはすごい仕掛けができあがったものだ」

遅れてやってきた半蔵も矢来を見て感心している。

「この白い布が被せてあるものは何だろう」

半蔵と一緒にやってきた槍三は矢来の後ろにある大きな布が気になったようだ。

「さあさあ、ゆっくり見物している暇はないぜ。各人、持ち場についておくんなさいよ」

そこに竜吉の元気な声が掛かった。見ると、竜吉は櫓の上に立っている。

持ち場は左側だったな、と忠矢がきょろきょろすると、広場の堀に寄った位置には床几（しょうぎ）が置いてあった。

「忠矢さんは左側の床几だ」

再び竜吉の声がした。床几には竜吉の字なのであろう、へたくそな文字で「とびた」と墨書された紙が貼ってあった。

正門を背にして左側から忠矢、清兵衛、谷頭が並び、谷頭の横、幅方向のほぼ真ん中に当たる位置に櫓が建っている。櫓のすぐ右には槍三、一番右側を半蔵が固めた。

床几の五間ほど後ろには、地面に雑な丸が書かれている。竜吉の合図で、床几から後退したときの立ち位置だ。半蔵の丸の横には何振りもの刀が突き刺さった畳が据（す）えてある。

「俺がしんがりか」

瓢箪酒を口にした谷頭が最後に現れた。

「おい、トモオ。飲みすぎるんじゃねえぞ。狙いが狂ったら大ごとだ」

「ふざけるな。これくらいの気付け薬で酔うもんか」

櫓からするすると降りてきた竜吉がたしなめたが、谷頭は気にする様子もなかった。

「トモオには働いてもらうからな。まずは清兵衛兄いとふたりでこの縄を引っ張ってくれ」

竜吉は滑車に繋がった紐の端を谷頭に渡した。

「こいつは何だ」

縄のもう一方の端は、竜吉の身体から出ている。

「引っ張ればわかるってもんだ。俺が右手を上げたら、ふたりで勢いよく引っ張ってくんな」

竜吉は、そう言いながら右手を上げた。

「まったく、人使いの荒い奴だ」

文句を言いながら、谷頭は清兵衛と縄を思いきり引っ張った。

すると、ふわっと竜吉の身体が宙に浮いた。

「もっとだ。俺の身体が櫓の上に来るくらいまで引っ張らないとだめだ」

　どうやら、滑車と縄は空中浮遊の種らしい。何回か繰り返しているうちに、清兵衛と谷頭はコツが摑めたようだ。

「次は何だ。まさか俺にも飛べとは言わねえだろうな」

「トモオの得意技は身の軽さなのかい。鉄砲や火薬の扱いが得意なんじゃねえかと思ってたが」

　茶化し気味に言った谷頭に竜吉は真顔で答えた。

「得意は鉄砲に決まってるじゃねえか。俺を誰だと思っていやがるんだ」

　すると、すぐに谷頭から言葉が返った。

「ならば曲芸はいいから、清兵衛兄いの花火の点火を手伝ってくれ」

「わかった。やってやろうじゃねえか」

　天邪鬼（あまのじゃく）なところのある谷頭も竜吉にうまく乗せられたようだ。

「手順はあとで兄いと打合せしてもらうとして、岩を結んだ縄への狙いを確認してもらえねえか」

　竜吉は言うなり、櫓に上がった。谷頭が続く。

「まずいな」

　櫓に上った谷頭が舌打ちをした。

「嫌な予感がしたが、やはりそうか」

竜吉がうなずいた。

「どうしたんだ」

下から忠矢が尋ねると、

「昨日の風のせいで、岩に結んだ縄が狙えねえ」

と谷頭は忌々しそうに答えた。

「忠矢さん、一緒に来てくれないか」

竜吉に頼まれて忠矢は寺へと急いだ。

「これはひどい」

境内の樹木を見た忠矢は驚いた。突風でも吹いたのだろう。何本もの枝が折れて、昨日とは景色ががらりと変わっている。

「こうなったら境内に隠れて直接縄を切るしかなさそうだ」

竜吉は答えたが、堀よりあちら側は敵だらけとなる。敵中に忍び込むなど、危険極まりない。

「折れた枝を切り落としてはどうなのだ」

忠矢はそう思ったが、

「昨日は岩が枝にうまい具合に隠れていたからよかったんだ。周りの枝をどんどん切ってしまったら、岩だけが奇妙に浮き上がってしまう」

竜吉の説明はもっともだった。

「儂が行こう」

いつの間に来ていたのか、榊が言った。

「いいんですか。かなりの危険が伴うと思いますよ」

忠矢は驚いた。なぜ急に榊が危険な役を受けようと言い出したのか分からなかったが、十人並みでどこにでもいそうな榊は、百姓に化けてもそのまま周囲に溶け込めそうだった。

「これくらいでしか、お役に立てませぬからな」

榊は微かに笑みを浮かべたようだったが、笑っているのか、泣いているのかわからないような表情でしかなかった。

打合せは終わった。

櫓の上に備えられた床几には榊が座り、忠矢は竜吉が用意した床几に座った。櫓を挟んだ右側には槍三と半蔵が静かに腰を下ろしている。竜吉と清兵衛、谷頭の三人はこの期に及んでもまだ何かを話し合っていた。

堀の向こうでは、張り巡らせた縄に付いているお札が風に当たって微かに揺れている。

お札を見た湛山は、どう思うだろうか。案外、何か裏があるのではないか、と勘繰るかもしれない。

忠矢はひとりほくそ笑んだ。そして、この状況下で笑う余裕のある自分を頼もしく思った。

ひと呼吸すると、ゆっくり襷（たすき）をかけ、向こう鉢巻きを結んだ。緊張しているせいだろうか。先ほどから身体がだるく感じるのが気になるが、敵を迎える準備はできた。

「敵方のおでましだ」

櫓の上から榊の声が聞こえた。

遥か向こうの街道を曲がって、大群が大手道に流れ込んできた。

忠矢はおもむろに立ち上がった。見ると、槍三と半蔵も立ち上がっている。

聞こえてきた微かな音は、やがて地鳴りに近い音に変わった。東の方角は、百姓勢の立てる砂埃（すなぼこり）で色が変わっていた。

「思ったより多い……」

忠矢は堀の向こうを埋め尽くした百姓の数を見て思った。数百人という数は、頭の中で考えているより、実際に目にしたほうが遥かに多く感じる。

先頭には藤本湛山がいた。

馬にまたがった湛山は、駒を前に進めた。乗っているのは、田舎じみた駄馬ではない。毛並みのよい駿馬だ。明るい栗毛が陽射しを浴びて眩しく映る。黒塗りの陣笠を被り、純白の陣羽織を身に着けた湛山は堂々として見える。

背後に控えているのが百姓とはいえ、何百もの勢を率いている光景は壮観だった。湛山の右脇を真っ赤な陣羽織の古井抱月が固め、左脇は今日も全身黒ずくめの斎藤が守っていた。

湛山たちは、縄の手前で止まった。

忠矢は注意深く、集団に目を遣った。

斉藤は、浪人の数は三十人だと言っていたが、問題は浪人の質だ。この前、牛堀で忠矢を取り囲んだ浪人は抱月を除けば、たいした腕ではなさそうであったが、今朝も同じだろうか。いずれにせよ、この人数で三十人を相手する覚悟はできている。

「お揃いでお出迎えか。こちらの百姓の数は四百を越えた。出迎えるにしては七人では少な過ぎるのではないか」

湛山は甲高い声で告げた。

「それがしは江戸四谷で名高かった平山子竜先生の高弟で松村伊三郎と申す。手前が加担したからには、お主らの好きなようにはさせぬ」

応じたのはきらびやかな衣装を身にまとった榊だった。その声に浪人の中からどよめきが起こった。死したとはいえ、平山子竜の名前の効果は大きい。浪人たちの心にいくばくかの楔を打ち込んだようだ。

「高名な先生に出迎えてもらえるとは、恐れ入る」

だが対する湛山には動じた様子は見られない。

「その二間の堀の向こう側には地獄が広がっておると心得よ。渡ったが最後、命はない」

この台詞は決められたものではない。榊にしては上出来だ。

「ほう、かようであれば、こちらも心して掛からねばなるまいな」

湛山はにやにやしながら言った。

「よいか、聞いて驚くな。この中には――」

「笑止！　百姓衆よ、儂は信義を大事にする男だ。約束は守る。安心して命を懸けよ」

榊の声を遮った湛山は後ろを振り返って大きな声を上げた。百姓の中から「おお」とも「ああ」とも聞こえる大声が返った。

その途端、竜吉の身体がふわりと宙を浮き、櫓の上に乗った。

それを見た百姓の中からどよめきが起きた。どよめきを手のひらで制した竜吉は、

「拙僧の名は覚元（かくげん）。松村先生のたっての願いで馳（は）せ参じた」

榊の代わりにずいと前に出た。

「念仏を唱えさせるために坊主（ぼうず）を呼ぶとは手回しのいい連中だ」

抱月は、笑い声を上げた。

「喝！」

竜吉は大音声で対した。

竜吉が話している間、櫓の下では清兵衛と谷頭がなにやらごそごそやっている。

何の細工をしているのだろうと思ったが、忠矢は目を竜吉に戻した。

「仏法にいわく、天に唾を吐く者は必ずその報いを受ける。目の前の縄を切ったが最後、仏罰がその身におよぶ」

竜吉は数珠を取り出して拝む真似をした。

「あいにく、儂には信心などまるきりないのでな」

湛山は馬にまたがったまま、注連縄を一太刀で斬り捨てた。間髪をいれずに、何かの鳥が断末魔のような鳴き声を上げた。

忠矢が横を見ると、地面に籠が落ちている。籠からは鶏が飛び出していた。竜吉はいつの間にか、縄を切ると鶏が入った籠が落ちる工夫をしていたに違いない。

百姓の中からは、

「なんだ、あの鳴き声は」

と、不安そうな声が聞かれた。

「喝！」

再び竜吉の大音声が響いた。竜吉は大声を出したあと、これまた大きな声でお経を唱えた。すると、櫓の下から意志を持った生き物のように白い煙が立ち込め始めた。

「おお」

　またもや大きなどよめきが百姓の中から起きる。中にはじりっと後退する者まで いた。

　忠矢が見ると、櫓の陰で清兵衛と矢頭が必死に生木をいぶしていた。

　竜吉はお経を唱えながら、両手に持った黒っぽい紐を結ぶ仕草をした。そのまま投げると、湛山の足元に落ちた紐は動きだした。

「こ、こいつは蛇ですぜ」

　前列にいた浪人の間から悲鳴に近い声が上がった。

「ただの蛇と思ったのなら気を付け召されよ。それは蝮の中でも特に毒が強いとされる筑波山の蝮。嚙まれれば命がないと思え」

　竜吉の声が掛かると、前列の浪人は後ろに退こうとした。

「うろたえるな。たとえ毒蛇であっても、斬り捨ててしまえばよいだけだ」

　抱月は蛇を斬り殺した。その抱月に向けて竜吉は次々に紐を投げつけていく。紐は落ちると同時に蛇へと変わった。

　しかし、抱月は顔色ひとつ変えることもなく、すべての蛇を斬り殺した。

「そろそろ手妻にも飽きてきた。最初の松村伊三郎と名乗った男は榊と申すただの浪人者。いま櫓の上に立っておるのは竜吉と申す手妻師に過ぎぬ。ほかの手妻を出さぬのなら、こちらから参る」

馬上の湛山が勝ち誇ったように告げて、抜いたままの刀を振りかぶった。

「せっかちな奴だ。そんなことじゃ、女にもてねえぜ」

引き継いだのは清兵衛だった。大きな道具の前に立つと、さっと白い布を取り去った。中からは大筒が姿を現した。

「殺生はしたくねえんだが、火急の事態なんで仕方ねえ」

清兵衛は大筒を百姓の集団に向けた。

「面白い。領内で百姓に向けて大筒を撃つなど前代未聞だ。公儀になんと申し開きをするつもりだ」

湛山はにやりと笑った。

「忠告ありがとうよ。ならば、殺生は避けておく」

清兵衛は大筒を岩の吊るしてある蓮城院の方向へ向けた。

「発射！」

掛け声を発すると、清兵衛は大筒の中に火を入れた。間髪をいれず、轟音とともに弾が打ち出された。ほんの少し間があって、地鳴りが響いた。その途端に百姓衆の腰が引けた。

（木に吊るした岩は、今の地鳴りを生み出すためだったのか）

筒の中に入っていたのは花火玉だったのだろう。打揚音を待って、木の近くに待機していた榊が紐を切ったのだ。

「あれは花火だ。地鳴りは、大きな岩を落として起こしただけだ」

不思議なことに湛山はこちらの手の内をすっかり知っていた。だが、湛山の大声も浮足立った百姓には届かない。誰もがおろおろするばかりで、前へ進もうとしない。

「梯子を渡せ」

抱月は湛山ほど余裕がない。慌てた様子で指図した。堀に梯子が架かる。

「来たな。後退だ」

櫓の上に立っている竜吉は、大声で前線の忠矢、槍三、半蔵の三人に指示した。

「抜刀！」

抱月は再び大きな声で指示を出した。

「敵は恐れをなして下がっておる。そのまま進め」

湛山も負けじと大きな声を張り上げた。

「攻めてくるつもりなら、蛇に気を付けなされ」

竜吉は次々に縄を広場に投げていった。その様子に浪人たちの足が止まった。

「何を恐れておるのだ。あれはただの縄ではないか」

抱月は苛々(いらいら)した様子で一喝した。

「拙僧が呪文を唱えると、縄が蛇になるのをお忘れか」

竜吉は重々しく言い放った。

「走れ。相手が手妻を使うのであれば、こちらは刀を使え」

再び抱月が命令した。

「なんだ――」

勢いよく走り抜けようとした男が悲鳴を残しながら、地面に消えた。落とし穴だ。その拍子に後続の者の足が止まった。

「ひるむな。落とし穴はひとつだけだ。あとは安心して走っていけ」

堀の向こうの湛山は余裕ある表情で告げた。

「わかりました」と多分、言いたかったのだろう。次に走ってきた浪人は、「わか」とだけ言って、穴に落ちた。

（落とし穴は、ひとつだけじゃなかったのか）

どうして気づいたのかはわからないが、竜吉はこちらの作戦が敵に漏れることを想定していたのだろう。こっそり落とし穴を掘って、裏を掻いたようだ。

湛山を見ると、余裕のあった表情が苦虫を潰したような顔付きに変わっていた。

「すぐに這い上がれ。落とし穴などしょせんは子供騙しだ」

抱月が忌々しそうに命じたとき、穴の中から悲鳴が起こった。

「何かが俺の脚を嚙んだ」

落とし穴から這い上がろうとしていた浪人が叫んだ。

「気を付けなされと忠告したはずだ。嚙んだのは、猛毒を持った筑波山の蝮だ」

竜吉が冷然と答えると、穴に落ちた浪人は必死の形相で這い上がった。

見ると、もうひとつの落とし穴に落ちた浪人も顔を真っ赤にして這い上がろうとしている。慌てているせいで、うまく上がれない。

「手を貸そうか」

落とし穴の近くまで行った忠矢は浪人に声を落とした。

「ふざけるな」

浪人は罵声を上げながら、穴から抜け出ようともがいた。

「無理をするな。蝮に嚙まれると痛いぞ」

忠矢が笑いながら呟いたのと、「痛え」と浪人が悲鳴を上げたのは同時だった。

こちらの浪人も蛇に嚙まれたようだ。

そこに僧侶の姿をした竜吉が近寄ってきた。

「かように蝮を放っては、我らも危ないのではないか」

忠矢は小声で竜吉に問いただした。

「蝮は最初に投げつけた四匹だけだ。後は毒のねえ蛇に過ぎねえ」

「では、あの穴の中の蛇も」

「当たりめえだ。俺は殺人鬼じゃねえぜ」

忠矢は平然として言い放った竜吉の答えに啞然とした。

「それはそうと、たった今思ったのだが、注連縄に結んだのは鹿島神宮の御札であろう」

「そうだぜ」

「神宮のお札を使うのであれば、僧侶の姿はおかしいだろう」

忠矢の指摘に、竜吉は「あっ」と口を開いた。

「まあ、細かい点は気にしねえこった」

竜吉が頭を掻いたところで、蛇に噛まれたふたりの浪人が堀の向こうにいる湛山のところへ戻っていった。

「お助け下さい」

浪人は真っ青になりながら、湛山に嘆願した。

「給金は半分だけ払ってやる。どこでも好きな所へ行き、手当てをするがよい」

湛山はちらりと後ろに控えている百姓たちを見たが、すぐに顔を戻して、静かに言い放った。

「馬をお貸し下さるか、せめて、誰かひとり、付けて下さいませぬか」

ふたりの男は必死の嘆願をつづけた。

「ならば、馬を貸してやろう」

湛山は無表情のまま、馬を降りた。

「忝うございます」

浪人が馬へ乗ろうと、背を向けた一瞬を逃さず、湛山は刀を閃かせた。浪人は背中を袈裟に斬られ、血飛沫を上げて倒れた。

「役立たずは、死んでもらうのみ」

陰気に言い放つ湛山を見て、もうひとりの浪人は痛む足をかばいながら、必死の形相で逃げていった。

「おい湛山、なにも斬る必要はなかったであろう」

忠矢は腸が煮えくり返る思いで怒鳴ったが、湛山の返事はない。湛山は虫けらも犬も手負いの人間も、役に立たない者は斬り捨てて、心に何の呵責も負わない。

「よいか、百姓衆。儂は信義には厚いが、腰抜けには容赦せぬ。逃げようとする者は迷わず斬り捨てるから、かように心得よ。よく心して、目の前の愚か者どもを地獄に送るための鬨の声を挙げよ」

湛山は後ろを振り返って、よく透る声で告げた。やや間があって、百姓の中から怒号にも似た大きな叫び声が響いた。

「堀にすべての梯子を架けよ」

今度は抱月が号令した。合計六台の梯子がさっと堀に渡された。

それまで黙って腕を組んでいた槍三が徐に動いた。ゆっくりと羽織を脱いで諸肌を曝け出した。足元には、いつの間に運んでいたのか、槍三の屋敷にあった力石が置かれていた。槍三は石に手を掛け「うぬ」と大きな声を上げた。両腕の太い筋骨が躍動する。信じられないことに、槍三は大きな石を頭上まで持ち上げた。そのまま、梯子を目がけて投げつけた。一台の梯子が木端微塵に散った。

「新庄家家臣・山本槍三、この堀を断りなく渡ろうとする輩は一命を賭して防ぎ置く」

槍三は刀を持っては敵と切り結ぶことができないと言っていたが、無類の馬鹿力は封印されていない。

上半身裸のまま顔を上気させた槍三を目前にして、湛山の傭兵部隊は完全に色を失った。

続いて銃声が響いた。梯子が砕け散る。

「その梯子を渡ろうとする者は、容赦なく撃つ」

鉄砲を構えているのは、谷頭だった。谷頭の後ろには、清兵衛が中腰で控えていた。

そこには陣屋に保管されていたありったけの鉄砲が並べてある。清兵衛は、傍らで素早く鉄砲を渡す役のようだった。

浪人たちは動けなくなり、百姓の間に起きている動揺の波は次第に大きくなりつつあった。

（さて、湛山。どう出るつもりだ）

忠矢は内心でほくそ笑んだ。明日になれば新庄家の本隊が参勤から帰ってくる。それまで持ちこたえられれば、こちらの勝ちだ。微かではあるが、希望の光が灯ったように思えた。

「御頭、こんなものを拾って参りました」

忠矢の淡い希望は、敵方の声によってもろくも崩れ去った。忠矢たちが見たのは、後ろ手に縛られた榊だったからだ。

八

「面目ござらぬ」

榊は、一言呻くように呟くと、がっくりとうなだれた。大手道は広い通りではない。これだけの数の百姓が集まれば、蓮城院の境内にも多数の者が雪崩れ込んだに違いない。いくら変装していたとはいえ、境内に潜んでいるのは無理だったようだ。

「さて、この者をいかが処分いたそう。とりあえずは、鉄砲などという無粋なものは引っ込めていただこう」

それまで分の悪かった湛山は、玩具（がんぐ）を手に入れた童子（どうじ）のごとく嬉（うれ）しそうに笑った。

（機を失った）

忠矢は歯嚙みした。

一時は、逃げ帰ろうとした者が出た百姓も踏みとどまった。まだざわめきは残るものの、徐々に落ち着きを取り戻しつつある。これまで不安を煽（あお）るような演出が成功していたが、騒ぎが完全に鎮火してしまえば、再び燃え上がらせるには、今までとは比べものにならない演出と手間が掛かる。忠矢には、そんな演出が可能であるとは到底思えなかった。

「陣屋の各々方（おのおのがた）。儂など放っておいてくだされ」

鋭く叫んだ榊を、湛山が蹴り倒した。

「うるさい。虫けらは黙っておれ」

口辺に残酷そうな笑みを浮かべた湛山を、忠矢は屹（きっ）と見た。

「湛山、その者をどうするつもりだ」

忠矢は叫んだ。

「おとなしく陣屋を引き渡すのであれば、この者を解放してやってもよいぞ」

（罠だ。蝶の羽を捥いでから殺す方法で、我らをなぶり殺しにするつもりだ）

「お断りする。お主のような悪人の甘言は、子供でも真に受けまい」

忠矢の代わりに槍三が返事をした。槍三の判断も、忠矢と同じだ。

「それが返事か。ならば、この者は無用だな」

湛山は刀の柄に手を遣った。

「しばし待て」

忠矢は声を掛けたものの、どうすればよいのか判断がつかなかった。このまま榊を見殺しにはできないが、降参したからといって湛山が皆を無事に帰すわけがない。

（いたしかたない）

無念だが助けに行くわけにはいかない、忠矢が思ったとき、

「おいらは、あちら側に寝返るぜ」

告げるが早いか、竜吉が身軽な動きで梯子を渡って行った。背中には自分より大きな葛籠を背負い、胸には小さな箱を抱えている。

「何をするつもりだ」

忠矢は叫んだが、答えはなかった。

「今、この場でこっち側にいたなら、命は助けてくれるんだな」

竜吉は湛山に向かって念を押した。

「なぜ、気が変わったのだ」

湛山は竜吉の問いには答えず、逆に質問をした。

「御仏が勝ち目はねえって教えてくれたのさ。おまけに玉手箱の手土産付だぜ」

竜吉は湛山の足下に木箱を置きながら、惚けた答えを投げ返した。

「まあよかろう。愉快な儂は、愉快な仲間が好きだからな」

と、湛山は告げ、顎をしゃくった。その仕草に呼応して、抱月が脇差を鞘ごと放り投げた。竜吉は自分の足元に転がった脇差を見て、目を見張った。

「何の真似だ」

「寝返るなら、証が要る。おまえの手でこの者を殺せ」

抱月は眉一つ動かさず、冷酷に言い放った。

「俺は町人だぜ」

「武士と勝負しろと申しておるのではない。相手は後ろ手に縛られている。犬畜生を斬るのと同じだ」

渋る竜吉に、湛山が言葉を加えた。

「できなくば、お主が死ぬ羽目になる」

抱月は、ゆっくりと大刀を抜いた。

(湛山が何か罠を仕掛けていたのは、分かり切っていた。もっと言葉を尽くして止めるべきだった)

忠矢は竜吉の軽はずみな振舞いを制止できなかったことに、臍を嚙んだ。

谷頭が一度は降ろした鉄砲の狙いを再び付けているが、そんなことは湛山も抱月も承知だ。常に鉄砲の死角に入るよう動いている。あれでは谷頭でも狙えまい。

「背に腹は代えられねえ、ってことか」

竜吉は意外な返事をして、地面の脇差を拾った。

「ふざけるな」

忠矢は大声を出した。

「うるせえ。潮時を心得ている人間が賢者ってもんだ」

竜吉は静かに言い切った。

「仲間との楽しい会話はそれくらいにして、早く為すべきことを為せ」

湛山の両目に、残忍な火が灯った。

「あいつらは、もう仲間なんかじゃねえよ」

竜吉は吐き捨てるように言い、脇差の鞘を払った。

「本気か」

地面に胡坐を掻いた榊が竜吉を見上げる。

「本気かどうかは、斬られてみれば分かる」

竜吉は抜いた脇差を大上段に振り被った。榊は口をつぐみ、竜吉の顔を凝視した。そのまま、竜吉は動かなくなった。

「怖気づいたのか」

抱月が竜吉の肩を小突いた。

「俺は町人だ。じかに血を見るのは怖え。この葛籠に閉じ込めた上で、刺させてくれねえか」

竜吉は担いできた葛籠の蓋を開けた。

「ほう」湛山は赤味掛かった目で、じっと竜吉を見ていたが、「いいだろう」と承諾した。

「悪く思わねえでくれ」

竜吉は、後ろ手で縛られたままの榊を、葛籠の中に押し込んだ。その上で、葛籠に縄を十字に掛ける。

「刺し殺すだけだ。縄など要らぬ」

抱月が注意したが、「こうしねえと化けて出てきそうなもんで」と竜吉は縄を掛け切った。そのうえで風呂敷を掛けた。

大きな風呂敷だ。忠矢の側から見ると、風呂敷の端が堀の中に入ってしまっているのが分かる。

「その風呂敷も、化けぬようにするためか」

湛山は、にやにやしながら尋ねた。

「それもあるが、血が飛び散らねえ工夫のつもりさ」

竜吉はそこまで告げると、大きく深呼吸をした。

やっとのことで竜吉は脇差を握りしめると、刃（やいば）を下に向けて構えた。柄の根元を自らの腹に押し付けるようにして、二歩三歩と後退した。必死の形相だった。

「やめぬか」

忠矢は大声を出した。この場からでは、忠矢は何もできない。傍観者として、何が起きても見ているだけだ。

傍らでは槍三も半蔵も固唾(かたず)を飲んで見守っている。谷頭は銃口越しに竜吉を追っていたが、撃つつもりはなさそうだ。清兵衛も不安そうな顔付きで、状況を見ていた。

竜吉は、しばしの間を置いてから「やっ」と突進して刀を葛籠に突き刺した。

さらに、反対の側からも二度、三度と同じように、葛籠を突き刺した。

肩で息をしていた竜吉は、いきなり葛籠を蹴った。

葛籠は堀の中に入り、ゆっくりと半ば沈んだ。

「堀に葛籠を落とし、止(とど)めを刺したと申すのか」

「これで、信じてもらえたんだろうな」

竜吉は大仕事を終え、表情に疲れの色を滲(にじ)ませた。

「ああ、十分すぎる。おまえのような役立つ者には褒美(ほうび)をやらねばなるまい」

湛山は、にやりと笑った。

「そいつはありがてえ話だ」

竜吉は脇差の鞘を拾いながら答えた。

「竜吉、用心しろ」

忠矢が声を掛けたのと、竜吉の悲鳴が上がったのはほぼ同時だった。

湛山の居合が一閃して、竜吉の背中を斬りつけていた。

「ぎゃあ」と竜吉は、もんどり打ちながらも倒れなかった。

「俺からも御祝儀だ」

続いて抱月が横殴りに刀を振るった。

竜吉は悲鳴を上げながら、くるくると回転して倒れた。竜吉の身体は血にまみれていた。

「何をする」

忠矢は憤怒に燃え上がる気持ちを必死に抑えながら、叫んだ。ここで怒りに身を任せてしまっては、湛山の思う壺だ。

「この湛山が小手先の手妻に騙されると思ったか。しばし、猶予をやる。別れのひとときを楽しみ、降参の段取りを話し合うがよい」

湛山は冷酷な笑みを浮かべた。

「斬るまでしなくともよかったではないか」

「先ほどの男は、堀のどこぞから岡に上がる。見張れ」

湛山は忠矢の言葉を無視して、手下に命じた。その隙に、竜吉はよろよろと梯子を渡って戻ってきた。陣屋の五人が全員寄った。

「俺としたことが、土壇場でドジを踏んじまったな」

切れ切れの声で、竜吉が呟く。

「今のは本当に手妻だったのか」

忠矢は竜吉の肩を抱き起こした。

「ああ、葛籠抜けという有名な手妻だ」

苦しそうな表情を浮かべながらも、竜吉はにやっと笑った。

「なぜ、あんな無茶な真似をしやがったんだ」

清兵衛は筒に入った水を飲ませてやった。

「無茶じゃねえ。勝算があったんだ。九分九厘、榊さんは葛籠からうまく脱出できたはずだぜ」

「それにしても、なぜ榊殿が葛籠抜けの仕掛けを知っていたとわかったんだ」

忠矢が問い掛けると、

「そいつは、手妻師としての勘ってもんさ」

竜吉はまたもやにやりと笑ったが、疲れたように目をつぶった。

「しっかりしろ。江戸で花火と手妻を共演させる約束じゃねえか」

瀕死の竜吉を前に、清兵衛の顔色はひどく蒼ざめてみえた。

「俺はもうだめだ。清兵衛兄い、ひとつ約束してくんな」

竜吉は清兵衛の手を摑んだ。

「何だ」

「金輪際、ケチな蛇捕りなどはやめ、才蔵でもいいし、花火師でもいいから、俺の分まで名を成してくれ」

竜吉はそこまで言うと、咳をした。苦しそうな表情だった。

「ああ、約束する」

清兵衛の言葉を聞くと、竜吉は忠矢の手を取った。

「俺のためにも悪党を倒してくれよな」

「もちろんだ」

忠矢がうなずいたのを見た後、竜吉はまだ何かを言いたそうにしていたが、その先は声にならなかった。

その間も榊の捜索は続いていたが、見つかっていなかった。

竜吉の言葉通り、葛籠から抜け出した榊は、堀まで垂らした風呂敷の端から入水したのだろうか。ならば、湛山が予想した通り、榊はどこかから上がって来なければおかしい。

（榊殿は溺れ死んだのでは）

忠矢の脳裏に、自分は泳げないと言っていた榊の姿が浮かんだ。

「もうやめましょう」

後ろに立っていた槍三が、ぽつりと呟いた。

「やめるって、ここまで来て、作戦をやめるつもりじゃ……」

鉄砲を手にした谷頭が驚いた表情を見せた。

「死人が出る事態は覚悟しておった。だが実際に死人を目にすると、新庄家に関係なき各々方をこうして危険に晒しておるのは、理不尽に思えて仕方がござらぬ。それがしはやっと腹を切る覚悟ができ申した」

槍三は力なくうなだれた。

「槍三殿」

何か声を掛けなければいけないと思った忠矢だったが、足が前に進まない。

どうしたのだろう、と思う間もなく、忠矢はその場に崩れ落ちた。

（ここはどこだ）

忠矢は自分がどこにいるのかわからなかった。目の前には大海原が広がっている。

「ひさしぶりだ」

笑みを漏らしながら砂浜に立っていたのは、遠藤重孝だった。大津浜事件の際、助けようとしたがうまくいかず、忠矢が水戸を去るきっかけとなった親友である。

「俺は死んだのか」

忠矢は思わず自分の足を見た。

「まさか。おまえは生きているよ」

「そうか……。お主を救ってやれなくて済まなかった」

忠矢は頭を下げた。

「その台詞は俺の死後、何回も聞いたぜ。だがな、俺はおまえに助けてもらったと思っておる」

重孝の顔は依然として笑っていた。

「救ったものか。お主は腹を切り、俺は水戸にいられなくなった。みじめな結果しか残らなかった」

「俺は飛田忠矢という友の胸の中にこうして生き続けているじゃないか。おまえが忘れぬかぎり、俺は死にはしない。死者というのはみな、そういうものだ」

「もし二十年前、俺がお主を見捨てて、擁護もしなかったらどうだったろうか」

忠矢はいつも自問している問いを直接、重孝に投げた。

「俺をかばってくれなかったら、大津浜事件はおまえに苦い思いしか残さなかっただろう。思い出すのもつらい出来事になったはずだ。そうなったら、俺はおまえの胸に生き続けることはできなかったろうな」

重孝は真顔になって答えた。

「そうか。本当に俺はお主を救ったことになるのか」

「そんなことが分かるまで二十年も掛かるとは、死者も呆れるほどの気の長さだ」

重孝は肩をすくめた。

「憎き仇（かたき）を相手に、久々に虎の尾斬りをみせるよい機会ではないですか」

いつの間にか重孝の隣には秋恵が立っていた。

「秋恵、なぜおまえがここに——」

忠矢は驚いて大きな声を上げた。

「わたしは自分の骨より先に大津浜に行ってみることにしたのです。浜に行くと、遠藤さまが待っていてくださったのですよ」

秋恵は嬉しそうな表情で言った。

「大津浜に何があると申すのだ」

忠矢が尋ねると、

「それは、あなたも大津浜に来ればわかります」

と答えが返った。

「そうか。そちらの世界も楽しそうだな」

「あなたにはまだ早すぎます」

秋恵はにこやかに笑った。見慣れたはずの笑顔だった。

「遠藤、秋恵を頼んだぞ」

「任せておけ。それより、とっとと湛山とかいう名の悪党をやっつけてこい」

重孝は忠矢の肩を叩いた。


「忠矢さん」

清兵衛に肩を揺すぶられて、忠矢は目を開いた。

「俺は……」

「急に気を失ったんで、心配しました。大丈夫ですか」

清兵衛は心配そうに忠矢を見た。

「ああ」

短く返事をしたが、忠矢は自分が涙ぐんでいたのに気づいて、慌てて目尻を手のひらで拭った。

「戦いはこれからだ。本当に大丈夫なのか」

半蔵も心配げに忠矢を見た。

「急に気を失うとは初めての経験です。身体にだるさは残っていますが、問題はありません」

忠矢は立ち上がった。その途端、少しふらついた。自分でも体調不良の原因がわからない。悪い食べ物にでも当たったのだろうか。

「ならば、あいつらをやっつけましょう。まだ花火の大仕掛けが残っています。これは竜吉の弔（とむら）い合戦だ。竜吉はいなくなったが、奴の作戦は頭に入っています」

清兵衛が赤くなった目で告げた。

「それがしは神仏を捨てます。地獄に堕ちようとも、一度は振るえなくなった刀を振りまわしてみせる」

槍三は首から吊り下げていたお守りを引きちぎった。

「降参の段取りがついたようだな」

そこに湛山の声が響いた。

「いかにも、やめに致した」

すかさず槍三が大声で返答した。

「それは結構。馬鹿者の集団にしては唯一、賢明な判断だ」

「勘違いなさるな。我らがやめようと結論づけたのは、降参することだ。これからは強気一辺倒で参る」

一瞬、槍三の答えにぽかんと口を開けかけた湛山は、顔を真っ赤にした。

「百姓の衆、今こそ真の力が問われる時ぞ。一団となって相手を撃破せよ」

湛山は顔を真っ赤に染めたまま、振り向いた。

「一人残らず奴らを地獄に堕とせ」

抱月の絶叫にも近い声が続いた。

榊が捕まっていた間は、百姓たちが冷静さを取り戻すには十分過ぎる長さであったようだ。

「おおっ」

抱月の檄に呼応して、百姓の間から塊のような声が返った。今まで散々、たぶらかされていた怒りを爆発させたかのような大音声だった。

「浪人どもは先頭を切って進め。一番槍には、たんまりと褒美を取らせるぞ」

叫んだ湛山の足下には先ほど竜吉が置いて行った木箱がそのままになっていた。湛山は、鬱憤を晴らすかのように木箱を踏み潰した。呆気ないほど、箱は粉々に砕け散った。

「蛇だ」

砕けた箱からは無数の蛇が現れた。先ほど散々、痛い目に遭わされた蛇の再登場に、湛山の陣営に混乱が起きた。

「あれは本物の蝮だ」

忠矢の隣に来ていた清兵衛がぽつりと呟いた。

「慌てるな。たかが蛇だ。刀を抜いて退治せよ」

湛山自ら、抜刀して蝮を斬り捨てていた。ところが「うぬ」と急に顔をしかめた。どうやら足元の蝮に噛まれたようだ。

「御頭」と、驚いた手下が手当てに駆け寄ろうとした。

「及ばぬ」

湛山は忌々しげに制止し「もう容赦はせぬ。ドブネズミどもを殲滅（せんめつ）するぞ」と絶叫した。

九

「この地が天領となった際には、逆らう者の首級（しるし）を獲った者の田地は永代非課税、人足の解除、さらに金十両を遣わす」

湛山の声を聞いた百姓の中からひときわ大きな声が聞こえた。

どうやら湛山は、麻生領が天領になるというまことしやかな嘘を吐（つ）いていたようだ。

「天領の話は嘘だ。狐の甘言に惑わされるでないぞ」

人並み外れた槍三の大声も群衆の喧騒（けんそう）に掻き消された。

「進め！」

湛山は自らも抜刀し、白刃を振り翳（かざ）した。

続いて、自軍の勝利を信じて一寸も疑わないような、意気揚々たる「おお」と応える声が聞こえた。

集団が動いた。勇ましく鉢巻きを巻いて、梯子を手にした百姓の姿が見える。鎌や鍬を持つ者もいる。長短大小、思い思いの丸太を手にした者もいる。そのどの顔にも殺気が満ち満ちていた。

安眠していない亡霊が立てているかのような、地響きが起こった。派手ではないが、肚に応えるような音だ。

「いよいよ、か」

忠矢は独り言を呟いた。

水戸という大藩にいるときは、百姓などは蹴って追い散らせばいい存在だった。百姓は年貢という食い扶持を持ってくる者どもであり、武士の言いなりであった。

だが、目の前に迫りくる百姓は、亡霊に駆り立てられた者たちであった。

そう思った途端、忠矢の身体に震えが来た。武器を持った四百人もの百姓を相手にして勝利は望むべくもない。

忠矢の右隣には槍三が仁王立ちしていた。槍三も忠矢同様に抜き身の刀を手にしているものの、顔色は自信なさそうに蒼ざめていた。

「領民とは申せ、無断で堀を跨ぐ者は、躊躇なく打ちのめす」

槍三は、己自身を鼓舞するかのように腹から声を絞り出した。

百姓は槍三の大音声にも、動揺しなかった。だが、あとどのくらい残っているか分からない落とし穴を警戒してか、今度は浪人たちもゆっくりと歩を進めてくる。ゆっくりではあるが、じりじりと距離は詰まっていた。

槍三は大きく息を吐くと刀を鞘に戻して、代わりに尋常の者では握れもしないような太い丸太を手にした。

（来るなら、来い）

忠矢は、汗ばむ手で刀を握り直した。

「何か忘れてるんじゃねえか」

不意に大きな声が響いた。振り返ると、清兵衛がにやっと笑った。隣には谷頭も立っている。

「それほどまでに花火を揚げたくば、夏の大川にでも行くがよい」

湛山の言葉に、浪人の間から笑いが起こった。

「余裕があるのも今のうちだけだ。最後まで取っておいた秘密兵器を見せてやるぜ」

清兵衛は言うが早いか、備え付けてある矢来に差されていた竹筒の導火線に次々に火を点けて行く。間髪をいれずに、竹筒は甲高い笛吹き音を立てながら、斜(なな)めに飛んで行った。龍勢の出番である。

龍勢は、コッポケと呼ばれる竹の筒に水気を加えた黒色火薬を強い圧力で詰めていく。火薬を詰め終わったあとには、矢竹を付ける。さらに普通は矢竹の先に直進性を高めるために「風切り」と呼ばれる羽根を付けるが、今回の龍勢には付いていない。

その分、どこに飛んで行くか分からない危うさがある。

小型の龍勢は、次々に百姓集団の中に吸い込まれていく。小さくとも、派手な音を立てて、煙の尾を曳(ひ)きながら飛ぶさまは壮観だった。

百姓の間からは、混乱のあまり声にもならない悲鳴が上がる。

「当たりゃ、熱いだけじゃ済まねえぜ」

清兵衛の叫び声が再び響き渡った。清兵衛と谷頭は、片っ端から花火に点火して行った。

「蛇がいる」

百姓の中から、新たな悲鳴が上がった。

「そいつは当たりだ。心ばかりの、手土産も付けておいたぜ」

今度は谷頭が怒鳴った。いくつかの矢竹の端には、蛇が結わえつけてあるようだ。

百姓勢は、状況が分からず前に進もうとする後部集団と、一刻も早く逃げ出そうとする前列集団の押し合い圧し合いとなり、将棋倒しが起きた。

「お次は、先ほどお見せした花火玉だ。近くで破裂すれば、耳が聞こえなくなるかもしれねえが、竜吉の弔い合戦だ。勘弁してくんな」

清兵衛は筒の中に、火を入れた。

轟音を残し、花火玉が斜めに飛んで行く。間を置かず、押し寄せた百姓たちの頭上で破裂音が響き、花火が飛び散った。

さきほど湛山はただの花火に過ぎないと言い切ったが、頭上すれすれで破裂する花火の爆音は激しく、降りかかる火花は半端な量ではなかった。

頭で理解したとしても、怖いと思う本能には逆らえない。

百姓勢は大混乱し、総崩れとなった。

再度鉄砲を手にした谷頭は湛山の陣へ向かい、鉄砲を撃ち始めた。何人かの浪人が面白いように倒れて行く。

谷頭の正確な狙いに、湛山の傭兵(ようへい)部隊もすっかり浮き足だった。

「百姓は当てにできぬ。かくなる上は、我らだけで陣屋を占拠する」

抱月は勇ましく号令をかけたが、目の前では、谷頭が何十挺もの鉄砲を用意して狙いを付けている。おまけに、蛇が棲(す)んでいる落とし穴も、後いくつ残っているのか分からない。

こんな状況では、兵の士気も上がらない。

（好事、魔が多しとは、このことだ）

圧倒的な優位さに胡坐を掻いて、湛山ともあろう者が油断したに違いない。こちらには鉄砲の名手である谷頭がいることは調査済だったはずだ。それなのに、自らは飛び道具も用意して来なかったとみえる。

（勝てるぞ）

忠矢は初めて、勝利の予感を得た。

「陣容を整えよ」

抱月が大声を上げて突っ込もうとしたところで、鉄砲弾が髷(まげ)の辺りを掠って飛んでいった。

しはじめている。

ても容易には踏み込めない。おまけに、頼りにしていた百姓は混乱の中に総退却

「今度は外さねえ」

谷頭だった。素早く次の鉄砲に持ち替えていた。この様子であれば、湛山とし

おければ、自滅もあり得る。

「谷頭殿、男を上げたな」

忠矢は嬉しくなって叫んだ。蝮に嚙まれた湛山には猶予がない。ここで抑えて

引き金を絞るたびに、湛山側の兵が倒れて行く。

「俺を誰だと思ってるんだ」

谷頭は、軽く手を振った。再び鉄砲を構え直す。谷頭の狙いは正確だ。谷頭が

い。

（あと何人残っている。どうする、湛山）

忠矢は湛山を睨みつけた。猶予がない割には、余裕のある表情を崩してはいな

（何なのだ、あの余裕は）

忠矢は再び辺りを見回した。

「谷頭殿、狙われておるぞ」

忠矢が叫ぶとほぼ同時に、谷頭が前のめりに倒れた。堀の向こう側では弓を手にした男が逃げて行った。

「三列の縦列を組んで梯子を渡れ」

谷頭が倒れたところを見て、抱月が叫んだ。

「許さぬ」

忠矢は刀を握る手に力を込めた。

だがどうしたわけか、堀に架けられた梯子は、するすると堀に飲み込まれていった。梯子は堀に落ちただけでなく、どんどんと流されていく。

「さきほどの鼠だ。鼠が堀にいる。梯子を架けると同時に堀を渡るのだ」

湛山が指示した。

「梯子はあとふたつしか残っておりません」

そこに声が掛かったが、

「ええい、いくつでもよい。残っておる梯子を架け、突撃せよ」

湛山の苛ついた声が響く。

その声に抱月を先頭にして、浪人が続々と梯子を渡って来た。

「津藤堂家隠居、向井半蔵、お相手申し上げる」

忠矢と反対の右翼に位置した半蔵は、刀の柄に手を置き、腰を落とした。

「おっと」

半蔵の横に急いで歩み寄った清兵衛が火種を畳に投げた。すると、畳のうえに青白い炎が灯った。畳に刺した何本もの抜き身の刀が、炎に青白く照らされた。その炎の横では、鬼のような形相をした半蔵がぬっと立っている。その迫力に驚いたように足を止めた浪人もいた。

(これも竜吉の演出か)

忠矢は、竜吉の得意そうな声が聞こえたように思えた。

「悪あがきはよせ。たった五人で、何ができると申すのだ」

最後尾から湛山が梯子を渡った。

「しかも五人の内の一人は、花火師に過ぎぬ」

抱月も皮肉な笑みで顔を歪(ゆが)めた。容姿や年齢は異なっていたが、湛山と抱月は似た者同士だ。抱月以上の遣い手だと思われる斉藤は懐手をしたまま、悠然と立っていた。

「花火師にも色々いるぜ」

いつの間にか忠矢のすぐ横に、両手に脇差を持った清兵衛が並んで立っていた。満面に怒りの表情を浮かべている。

「面白い。今の言葉の意味を教えてもらおうか」

抱月は清兵衛に斬り掛かった。

「ちぃ」と口笛のような声を残し、清兵衛は身体を翻した。驚くほど軽い身のこなしだった。

抱月の行動が合図のように、雪崩を打って残りの兵が、忠矢たちに襲いかかった。

たちまち、血飛沫が上がった。早くも半蔵の居合が浪人の身体を捉えたようだ。

槍三は丸太を力任せに振り切った。途端に大きな悲鳴が聞こえる。

(負けてはおられぬ)

忠矢が思ったとき、左右から浪人が殺到した。急襲したのはいいが、腰が引けている。

「気合が違う」

左の浪人を袈裟懸けに斬り斃すと、右の浪人は後ずさりした。その浪人の背中を半蔵が斬り捨てた。

「今日ばかりは卑怯という言葉を封印させて頂く」

忠矢には、半蔵が微かだが口辺に笑みを刷いたように見えた。

死を決意した半蔵の周りには、陽炎が揺らめいていた。独特の脇構えで、敵が踏み込んで来たときには、半蔵の刀は白い閃きを残し、相手の胴を払っていた。

相手を斬るたびに、刀を替えている。

「かなりの遣い手とお見受けした」

斉藤が前に出た。半蔵の腕を見た上で身を晒したからには、やはり腕に相当の覚えがあるに違いない。

忠矢のところにも浪人が殺到していた。人の戦いを注視している余裕はない。浪人を相手にしているうちに、忠矢の頭の中が白くなった。恐怖も計算もない。来た刀を避け、相手を斬る。頭にあるのはそれだけだ。忠矢は何人かを斬った。何人だったか、全く覚えていなかった。

すぐ横で大きな声がしたような気がして一瞬、忠矢は我に返った。その瞬間、刀が振り下ろされる。

遥かに遠い刃筋だ。刀を振るった浪人は、大きな声を出していた主のようだ。

「命と命の遣り取りだ。遠慮は要らぬ」

忠矢はぐいと身を前に乗り出した。途端に、相手の腰が引ける。忠矢が振るった刀を相手の浪人は刀で受けようとした。

鈍い金属音がして、相手は刀を落とした。忠矢は無刀の相手を、一刀両断に斬って捨てた。

「情けは捨てた」

呟きながら、ふと見ると、清兵衛は抱月を相手に互角の戦いを繰り広げていた。大刀を持たず、両の手に脇差を持った変則の二刀流だ。抱月も脇差二本の太刀筋は初めてと見えて、容易には攻め込めない。逆に清兵衛が攻め込んでいる。

（さすがは小太刀の名手だ）

忠矢は久しぶりに目にする清兵衛の非凡な腕に目を見張った。そのとき、忠矢の前に湛山が立ち塞がった。

「儂の手で屠（ほふ）られる僥倖（ぎょうこう）に感謝せよ」

「先に地獄の鬼の世話になるのは、おまえのほうだ」

告げるが早いか、忠矢は鋭い一撃を繰り出した。

「楽しみながら殺したいところだが、そうも行かぬ」

湛山の額には薄く汗が浮かんでいる。蝮の毒が回り始めているのだろう。

（相討ちで構わぬ）

忠矢の肚は据わっていた。

つい先日、完膚無きまでに敗れた相手だったが、死ぬのだと思うと、怖くはなかった。勝てぬまでも、あの世の道連れにすればよいだけの話だ。

忠矢は刀を正眼に取った。正面の湛山ひとりを相手にしていればいい訳ではない。こうしている間にも、どこかから誰かが襲って来る。

忠矢は左右に注意を払いながら、移動して壁を背中にした。こうすれば、後ろから襲われる心配はない。

湛山は刀を地摺りに構えながら、前へ歩を進めた。さすがに圧力を感じる。

「とお」と湛山が先に斬り掛かってきた。刃唸りを生じるほどの、鋭い一太刀だった。身を捩って躱したつもりだったが、肩から血が流れた。忠矢に休む間を与えぬように、湛山の二の太刀が摺り上げられた。

同時に左横から浪人が刀を振り下ろして来た。忠矢は、身体を反転して左の浪人の胴を払った。

その隙を逃さず、湛山は上段に被った刀を振り下ろした。

（殺られた）

避ける暇はなかった。忠矢は思わず目をつぶった。しかし、頭に刀がめり込む衝撃は感じない。

「忠矢殿」

見ると、槍三の太い丸太が湛山の刀を捉えていた。

「謝り屋の分際で」

刀を戻そうとするが、湛山の刀は丸太にがっちり食い込んでいる。

「くそっ」

湛山は大刀から手を離し、脇差の柄に手を遣った。

(近い)

刀を振り抜くには湛山と接近しすぎていた。咄嗟に忠矢は刀を右手一本の逆手に持ち替えた。久しぶりに遣う業だったが、身体が覚えていた。

湛山が脇差を抜いたのと、忠矢が思い切り腰の回転を使いながら、手首を返したのはほぼ同時だった。忠矢の右手に強い衝撃が走る。続いて湛山の身体から血が噴きだした。

「虎の尾斬りか……」

湛山が呻いた刹那、別の浪人の刀が槍三の胴を払った。槍三は、何ごともなかったかのように、湛山の刀が嚙んだままの丸太を振るい、浪人の頭を叩き割った。

「昇り竜の儂が、なぜおまえのような負け犬に負けねばならぬのだ」

斃れた湛山はまだ何かを言いたそうにしていたが、目を開いたまま絶命した。

(藤井さん、仇は取りました)

胸で呟くと、忠矢はかつては足立半平太と名乗っていたはずの男の最期に目を落とした。

その上で、「大将は討ち取った」と大声を上げた。

敵方に明らかな動揺が広がった。一足早く見切りを付けて、離散していく兵まで出た。

「逃げるでない」

抱月が声を張り上げた。その一瞬の隙を逃さず、清兵衛の脇差が抱月の脇腹を抉(えぐ)った。

「馬鹿な。貴様ごときに——」

抱月は、くるりと一回転して倒れた。

半蔵と対峙していた斉藤は、湛山に続いて抱月が斬られたのを見るなり、刀を引いて一目散に逃げ出した。他の浪人も倣った。

「勝った……」

奇跡が起きた。たったこれだけの人数で、陣屋を守りきった。

安堵するなり、忠矢は膝から力が抜けるのを感じた。膝から崩れ落ちそうになったが、すんでのところで踏み留まった。

すぐ横では槍三が左腹を手で押さえながら、片膝を突いていた。

忠矢が駆け寄ると、額に脂汗を滲ませながらも、槍三は「儂より他の怪我人を看てやってくだされ」と気遣いを見せた。

谷頭のところには、すでに清兵衛が行っていた。矢は横たわった谷頭の右胸に刺さっていた。谷頭は目をつぶっている。

「矢は急所を逸れているし、出血も少ない。助かるぜ」

谷頭の脈を取っていた清兵衛が答えた。そこへ佐々が倒れ込むように駆け寄ってきた。

「谷頭さま」

谷頭の肩を揺さぶる佐々を忠矢はやさしく止めた。谷頭には安静が必要だ。

「まだ死んじゃいねえぜ」

唐突に谷頭は薄く目を開けた。佐々が谷頭に抱きついた。

「死んじゃ嫌だよ」

「男冥利に尽きる台詞だな」

忠矢は呟きながらそっとその場を離れ、竜吉のところへ行った。

谷頭とは違い、竜吉の顔は血で真っ赤に染まっている。せめてもの救いとしては、苦しみの表情がないところだ。

忠矢と清兵衛がそっと手を合わせているところへ、半蔵が寄って来た。

「どこか憎めぬ奴だった」

半蔵もぽつりと呟いて、合掌した。

「この中で義俠心が一番厚い男だった」

清兵衛が言葉を添えたところで、堀から上がって来る者がいる。見ると、行方不明かと思われた榊だった。忠矢は啞然としながら、榊を見た。

十

「今まで何をしてやがった」

清兵衛は、榊を見るなり濡れた胸倉に摑み掛かった。

「申し訳ござらぬ。儂は堀の中でずっとじっと身を潜めており申した」

榊の返事を聞くと、清兵衛は拳を振り上げた。

「よさぬか。それにしてもなぜ、今まで隠れておったのです」

清兵衛を押し留めた忠矢も詰問するような強い口調で問い質した。

「もともと儂は戦闘要員には入っていなかったはずだ。儂の腕では足手纏いになっただけだ」

榊はうなだれたまま、歯切れ悪く答えた。

「今頃になってのこのこ現れたのは、給金目当てか」

手を離した清兵衛は侮蔑したような目を向けた。

「金は要らぬ。ひとこと詫びを申したかっただけだ」

榊は濡れた身体を拭こうともせずに告げ、踵を返した。

「いつだったか、貴殿は泳げぬと話していましたね」

じっと榊を見ていた忠矢が声を掛けた。榊が「いかにも」と答えると、

「水が怖いとすら申しておったはず。長い間、見つからぬよう水に隠れておるのはさぞ辛かったのではないですか」とつづけた。

「殺されるよりは数段ましと、必死でござった」

榊は後ろを向いたまま、静かに答えた。

「湛山の手下が上から覗いても、なぜ貴殿を見つけられなかったのであろう。忍びには『狐隠れ』という水中での特殊な技があると申すが」

忠矢の言葉を引き継いで半蔵が淡々とつづけた。

「まさか。あんたが……」

清兵衛が唖然としたところで、「覚悟しろ」と背中越しに鋭い一喝を聞いた。

次の瞬間、忠矢は何者かに突き飛ばされた。

転びながら忠矢が見たのは、起き上がった抱月の姿と、抱月の繰り出した刀を身体に受けた半蔵の姿だった。抱月は死んでいなかった。腹を抉られた者とも思えない敏捷（びんしょう）さで、いつの間にか脇差を抜いていた。

「御免」

その抱月を目にも留まらぬ居合で斬り捨てたのは、濡れたままの榊だった。肩から袈裟に斬られ、今度こそ抱月は絶命した。

「貴殿は遣い手ではないかと思っておった。腕を隠すからには忍びではないかと踏んでいたのだが、それがしの目に狂いはなかった」

横たわった半蔵は満足げに呟いた。

「道理で湛山がことごとくこちらの手の内を知っていたわけだ」

半蔵の言葉を引き継ぐように、清兵衛が大きな声を上げた。

「そこまで知られたからには、生きては帰さぬ」

榊は今まで見せたことのないような、激しい表情を見せた。

「なんだと！」

忠矢は、素早く抜刀した。清兵衛も慌てて脇差を抜いた。

「二対一。分は悪いが、勝てぬ勝負ではない」

榊は刀を変則的な中段にとった。

（できる）

対峙した忠矢は榊の並々ならぬ腕を感じた。清兵衛も同じであろう。大きく左手に回り込んだ。そこに、咳き込んだ半蔵の声が響いた。

「茶番はやめぬか」

「何をおっしゃるのですか」

忠矢が油断なく構えながら尋ねると、すぐに半蔵の声が返った。

「榊殿は、わざと討たれるつもりだ」

「本当か」

忠矢が厳しく問うと、榊はいきなり刀を捨てた。

「そこまで見破られては、仕方がござらぬ。ひと思いに斬ってもらおう」

榊はどかっと胡坐を掻いて座りこんだ。

「貴殿は、公儀御庭番(おにわばん)か」

半蔵の腹からは大量の血が流れていた。

「いや、そんな大物ではない。湛山に雇われた草に過ぎぬ」

「草とは間者(かんじゃ)のことか……」

そこまで言って、半蔵は苦しそうに咳き込んだ。

「すぐ手当てをします。あまり口を利かぬほうが」

忠矢は鉢巻きを外して傷口を押さえたが、半蔵に振り払われた。

「お構い召さるな。人は死ぬべきときに死ぬ。いまがそれがしの死ぬときのようだ」

強い目の光だった。忠矢は、鉢巻きを持った手をそっと引っ込めた。

「貴殿は堀の中で潜んでいただけと申されたが、堀に架けられた梯子がするすると水中に引き寄せられたのはなぜであろう」

半蔵の言葉を聞いて忠矢はあっと思った。先ほどは戦いの真っ最中でまったく余裕がなかったので、たいして気にも留めていなかったが、確かに三台の梯子が堀に吸い込まれていった。

「おおかた風でも吹いたのであろう」

榊は惚けた返事をしたが、

「儂の前で足がもつれたようにして倒れていった浪人がいた。貴殿が堀の中から何か細工したのであろう。なぜこちらの味方をしたのか教えてもらえぬか」

血の気が引いて白くなった顔色で、半蔵は問いを重ねた。

「かように詰まらぬ世の中で、たった六人が四百もの相手に勝ったら、愉快だと思っただけだ」

榊は下を向いたまま、答えた。ちっとも愉快そうな顔付きではなかったし、本音とも思われなかった。

「もし貴殿が本当に死ぬ気ならば、腹の中を空にしてから死んだらいかがか」

半蔵も忠矢と同じ気持ちだったのだろう。弱くなっていく声の中で質した。

「熱に当てられたのだ」

一言だけ、ぽつりと榊は呟く。

忠矢は続けるのが苦しそうな半蔵の後を継いだ。榊の表情には闇があるだけで、何を考えているか分からない。

「こんなどうしようもないはぐれ忍びの俺でも、希望を胸に抱いて暮らした若い日もあった。あの竜吉を見ていると、そんな若い日の自分を思い出してしまったのだ」

榊の瞳にある深い闇の奥に、ぽっと火が灯ったように見えた。

「それで俺たちの味方をしたというのか」

「ああ、湛山のような汚い男には飽き飽きしていたからな。だが、相手方に捕まったのも作戦のうちだ」

榊の目の奥に灯った炎は消え、再び荒涼とした闇が戻った。

「その作戦とやらのせいで竜吉が死んだんだぞ」

清兵衛は語気鋭く言って、榊を睨んだ。

「あれは……、想定外だった。済まないと思っている」

「そう思っているんだったら、今すぐ竜吉を生き返らせてくれ」

うつむいた榊に、清兵衛は畳みかけた。

「よさぬか。残念だが、いくら榊殿を責め立てても、竜吉は二度と戻らぬ」

「助け舟を出した気になっているのだろうが、あんたに薬を盛ったのも俺だ」

「薬だと」

　忠矢は驚いた。

「あんたも湛山という男をよく知っているはずだ。あの男は戦いになってあんたと斬り結ぶ場面を想定していた。姑息な湛山は、あんたに身体がだるくなる薬を飲ませろと指示したのだ」

　そこまで聞いて、忠矢は先ほど急に気を失った理由が分かった。

「もしかすると、わざと薬を違えたのでは……」

　身体がだるかったのは事実だが、一瞬気を失ったあとは、だるさは取れていた。

「馬鹿な。薬の量を誤っただけだ」

「そうか。まあ、いい……。それで、これからどうするのだ」

　分量にせよ、種類にせよ、榊はわざと薬を間違えたように思われたが、忠矢は話を進めた。

「汚い男に雇われ、汚い仕事をする身であっても、雇い主に弓を引いたとあればばば、もはやこの世界では生きてはいけぬ。竜吉の死には、死をもって対するのがせめてもの手向けであろう」

榊は横たわったままの竜吉に目を向けた。

「おいらは死んじゃいねえぜ」

そのとき、突然竜吉ががばっと身を起こした。

「ば、化けて出たか」

驚きのあまりか、清兵衛は脇差を構えた。

「馬鹿を言うんじゃねえよ、兄貴。ほら、こうして足も付いてるぜ」

竜吉は右足を叩いてみせた。

「しかし、おまえは湛山と抱月のふたりに斬られたじゃねえか」

清兵衛は目を見張ったが、忠矢とて同じ気持ちだった。

「ここぞというときに、俺は失敗することなんざ考えねえ。けれども、万が一の備えを怠らねえのが一流の手妻師ってもんだ。ほれ、これを見ろよ」

法衣を脱ぐと、そこには丈夫そうな鎖帷子が現れた。

「ではその血糊も……」

忠矢が言葉を失うと、

「もちろん、仕掛けさ。だが、ちいと量が多すぎた。こんなに、べとべとになっちまった」

竜吉は歯を見せて笑ったが、作り物とはいえ、血まみれだけに異様な姿であった。

「死ぬ前に面白い見世物を見せてもらった。これで閻魔(えんま)様への土産もできた」

半蔵の流した血が地面を朱に染めている。残念ながら、こちらの血は本物だ。

「半蔵殿」

忠矢は肩を抱き起こしながら、声を掛けた。

「榊殿のとった間者としての行為は非難されてしかるべきだろうが、最後は戻ってきてくれた。その行為も榊殿の姿だ。どうか許してやってほしい」

「間者を許すと申されるのか」

榊は半蔵の手を取った。

「来年の夏には榊殿も津に参られよ。阿漕(あこぎ)の浜はよいぞ。そこにはどこまでも蒼い海原が広がっておる。おお……」

そこまで言うと、半蔵は震える手で空を指さした。

「きれいな七色の虹が出ておるわ」

忠矢は半蔵が指した方角を見たが、虹は出ていなかった。だが、

「いかにも、見事な虹でございます」

と、うなずいてみせた。半蔵が見た七色の虹が自分にも見えたような気がした。

その忠矢の顔を見て半蔵は満足そうな笑みを浮かべた。そのまま、半蔵は目を瞑(つむ)った。

「御免」

その刹那、榊は抜いた脇差を逆手に持ち直した。

「ふざけるな」

榊を突き飛ばしたのは清兵衛だった。

「草は草の中でしか生きられぬ」

なおも榊は言い放ったが、

「ならばおまえは半蔵殿の死に対して、どうやって責任をとるつもりだ」

清兵衛は顔を真っ赤にして言った。

「責任……。そうか！」

榊はいきなり脱兎(だっと)のごとく走り出した。

「いったい、どうしたのだ」

慌てて後を追いながら忠矢は尋ねた。

「由美と申す女中を繋ぎに使っておったのだ」

榊は走る速度を緩めずに答えた。

走り着いた屋敷は静まり返っている。後から清兵衛も駆けつけてきたので、三人で屋敷の中を探し回った。

「いたぞ、台所だ」

ほどなくして清兵衛の大声が響いた。駆け込むようにして、忠矢と榊も台所へと急ぐ。

台所には身をくの字に折り曲げて前のめりになっている由美の姿が見えた。刃物で腹を刺しており、床が血の色に染まっている。

「まだ息はあるぞ」

榊は床の間に由美を運ぶと、躊躇なく着物を脱がせた。

白い乳房が露(あら)わになった。忠矢は思わず目を逸らしたが、榊は遠慮なく由美の身体の傷を確かめ、てきぱきと処置をした。

鮮やかな手捌(さば)きだった。しばらく気を失っていた由美も途中から目を覚ました。

「恩ある御家に盾突き、なぜ悪党に加担したのだ」

忠矢は言葉がきつくならないよう注意を払いながら、尋ねた。

「脅されたのです」

由美は寒いのか、震えながら答えた。

「何か身体に掛けるものを探してきてくれぬか」

由美の様子を見た榊は清兵衛に声を掛け、匙（さじ）で水を飲ませてやった。

「わたしなど、どうなってもよいのです。なぜ死なせてくれなかったのでございますか」

「おまえが死んでも、何ひとつ解決せぬ。まあ、俺も同じだがな」

先ほど死にそびれた者として、榊の言葉には説得力がある。

「どうやって脅されたのだ」

傷ついた身体で可哀（かわい）そうとは思うものの、忠矢は聞かずにはいられなかった。

「私は前田さまといい仲でございました。前田さまが殺された夜も密会しておりました」

由美はぽつりぽつりと話し始めた。以前の挑み掛かるような刺々（とげとげ）しい雰囲気はない。

「前田殿を殺した下手人が、おまえだと申すのか」

忠矢は驚いた。前田の腕前は月並みだったが、女の手で討てるとは思えない。

「あの夜、別れ話から言い争いになったところへ、どこからか古井抱月と申すお侍が現れたのです」

そこまで聞いたところで、話の筋が見えて来た。

「では、前田殿を刺したのは……」

「抱月という浪人でございますが、その罪をなすりつけられてしまったのでございます」

由美は忠矢の言葉を、しっかりとした口調で継いだ。

動揺した胸の隙を突いて江戸の悪党は舌先三寸で、由美を丸め込んだのだ。挑み掛かってくるかのような由美の態度には、こんな裏があった。

「この者は庄屋の娘だ。湛山はこの者を繋ぎに使うだけでなく、娘を人質にとって百姓である親を動かしたのだ」

榊が説明を加えた。いかにも湛山らしい巧妙で卑劣なやり方だ。

「申し訳ございませんでした」

由美は力なくうなだれた。

「悪いのは湛山のほうだ。この件は、自分ひとりの胸にしまっておくがよい。もっとも、槍三殿だけには話しておく。己の胸に仕舞い切れぬ場合は、相談するがよかろう」

榊はきっぱりと言い切った。

十一

騒動から十日ほど経った。

武士に限らず、陣屋にいる奉公人にいたるまでほぼ全員が大広間に集まっていた。人々の耳目を集めているのは藩主の新庄直計である。

直計は着流し姿に襷を掛け、後ろ鉢巻きをしている。その左手には金属でできた四本の輪を持っている。

直計はバラバラの輪から一本を右手に持ち替えた。その輪を左手に持った輪に打ち付けると、二本は繋がってしまった。

「おおっ」

途端にどよめきに似た歓声があがる。

かしこまって座っている最前列の武士に繋がった二本の輪を調べさせたが、どこにも怪しいところは見つからなかった。輪を返させた直計は、残りの二本の輪も次々に繋げた。手妻はこれで終わりではなかった。直計は繋がった四本の輪を一本ずつ外（はず）し始めた。最後は、バラバラの四本に戻して見せた。

「驚いたな。わずか十日の稽古で金輪（かなわ）の曲（きょく）をあそこまで見事に演じるとは、本職も裸足（はだし）で逃げ出したくなるほどの手先の器用さだ」

一番後ろで見ていた竜吉が感心したように呟いた。

「ああ。あの演技なら金をとれるぜ」

隣に座った清兵衛が小声で答えながら、うなずいた。

「ところで、まだ聞いていなかったことがある。なぜ、おまえは榊殿が葛籠抜けの仕掛けを知っていると考えたのだ」

忠矢は声を潜めながら、これまで疑問に思っていたことを尋ねた。

いったんは姿を現した榊であったが、参勤交代の藩士たちが帰るまえに姿を消していた。結局、金は受け取らないままだった。

「忍びなら、たいがいの手妻の仕掛けを知っているからさ」

竜吉は直計の演技を熱心に見たまま答えた。

「すると、もともとおまえは榊殿が忍びだと気づいていたというのか」

「ああ。そんなところだ」

「なぜ、そう気づいたのだ」

「忍びも手妻師も似たような匂いを持っているからな」

「匂いだと。そんないい加減な理由で――」

「確信を持ったのは、落とし穴の件からだ」

忠矢の声を遮って、竜吉は続けた。

「何の話だ」

「落とし穴がひとつだと知っていたのは、忠矢さんと鼠おじさんだけだ。実際は、夜中に俺が泥だらけになりながらもっと掘ったんだけどな」

竜吉は事もなげに言った。

(こいつは……)

傍若無人でいながら、竜吉は要所を締める。清兵衛が行動を共にする理由が分かったような気がした。

同時に、忠矢は縁というものの不思議さを感じていた。

槍三に声を掛けられていなければ、いま忠矢はこの場にはいない。清兵衛とも世間話をしただけで別れたであろう。

そうなると、新庄の殿様も見事な手妻を演じられるようにはならなかった。

だが、向井半蔵は死ななくて済んだ。

忠矢は大津浜に行ったあと、津に向かおうと考えていた。遺書は江戸の上屋敷に渡せばよいと半蔵は言っていたが、直接遺族に半蔵の雄姿を話したくなっていた。それに、最期に半蔵が脳裏に描いた阿漕の浜をこの目で見たいという思いもあった。

忠矢が頭の中で思いを巡らせているうちに、直計の鮮やかな演技が終わった。

「お世辞抜きで見事な演技でした。その腕なら今すぐにでも大道に立てますぜ」

竜吉が妙な褒め文句を口にすると、

「これ、だまらっしゃい。大道に立つなどと、失礼なことを申すでない」

家老の萩原喜兵衛がもともと渋い顔をさらに渋くした。

「黙らなければならぬのは、おまえのほうだ。敵前から逃げ出した者が偉そうな口を利くな」

だがすぐに直計の厳しい声が掛かった。

「さすがは手妻を習いたいという殿様だけのことはある。いいことを言うじゃねえか」

「竜吉、おまえも調子に乗りすぎるではないぞ」

今度は自分に向けられた叱責に、竜吉は頭を掻いたが、

「それにしても、驚くほどの上達ぶり。こんな大勢の中で演技をしても、誰ひとりとして仕掛けを見破れる者はいないでしょう」

改めて直計を褒めなおした。

「揉み手半分だとしても嬉しい言葉だな。これもそのほうの指導あっての賜物だ。何か望みがあれば、申してみよ」

直近の悩み事を払拭した直計は機嫌のよさそうな声で告げた。

「願いか……。願いはふたつあります」

「ふたつとは欲張りな奴だ。申してみよ」

直計は竜吉を促した。

「ならば遠慮なく言わせてもらいますぜ。いま新庄家には弓の師範がいないと聞きました。ひとつ目はトモオを新庄家の弓術師範に据えてもらうこと」

竜吉は堂々と厚かましいくらいの要望を述べた。

「どこの馬の骨ともわからぬ者を弓術師範などに据えられるものか」

今度も喜兵衛が文句を言った。

「失礼ながら申し添えますと、谷頭殿は下曽根信敦殿の用人を勤めておられた身。弓だけでなく、今後ますます需要が高まるであろう鉄砲に関しましても余人に代えがたいほどの知識を持っておられます」

そこに忠矢が言葉を添えた。

「下曽根殿と申せば、鉄砲では日本一のお方だ。その下曽根殿の用人を勤めておったとは相当な知識があるのであろう。して、弓のほうの流派はどうなのだ」

「日置(へき)流雪荷(せっか)派を修めております」

急な展開に谷頭は目を白黒させながらも、答えた。

「当家は日置流竹林(ちくりん)派なれど、大きな問題ではあるまい。腕のほうも確かなのであろうな」

直計が重ねて問うと、

「その点は、それがしが確認済でございます。谷頭殿の弓の腕前は抜群でございます」

前田との勝負を見ていた中根が答えた。

「そうか。ならば決まった。して、もうひとつの望みとは何なのだ」

「槍三さんの件です」

「なに、それがしの――」

突然話題を振られた槍三は飛び上がらんばかりに驚いた様子だった。

「槍三さんのことを謝り屋だとか、腰抜けだと陰口を叩く奴がいるが、槍三さんは腰抜けではありません。そいつをこの場で証明したいんです」

「竜吉殿」

槍三は情けない声を出した。

「ほう。どのような手妻をもって証明しようと申すのだ」

泣きそうな表情の槍三などお構いなしに、直計は身を乗り出した。

「手妻じゃありません。正式な立ち合いです」

竜吉はきっぱりと言い切った。

「山本、どういうことか説明いたせ」

「それが、それがしにもさっぱり……」

直計の問いに槍三は歯切れの悪い言葉を返した。

「槍三さんの代わりに俺が答えますぜ。要は誰でもいいから、立ち合ってみれば槍三さんが腰抜けかどうかわかるってことです」

「ならば中根。おまえが相手をいたせ」

突然の指名に中根は驚いた様子だったが、すぐに、

「かしこまりました」

と返答して立ち上がった。

「竜吉殿、これはいったい……」

いっぽうの槍三はおろおろしている。

「湛山との戦いでは丸太ん棒を振り回して大活躍だったたじゃねえか。俺は死んだふりをしながらじっと見ていたんだぜ」

竜吉はにこりと笑った。

「しかし、あの場はただ必死で、自分でも何をしたかよく覚えておらぬのです」

だが槍三は自信がなさそうに答えた。

「ならば、これも演技だと思えばいい。昔の強い自分を演じるんだ。木刀を振れねえってんだったら、心から強かった昔の自分になりきって立っているだけでいい。立っているだけであれば、できるだろう」

「向こうから掛かってこられれば、すぐに馬脚を現してしまう」

「仕方ねえな。今回だけ特別だぜ」

竜吉は懐から紙の包みを取り出すと、木刀の先に粉を擦り付けた。

「今の粉は？」

「しびれ薬だ。刀を交えて立っていれば、風に乗って相手の身体に入る。そうすれば、相手は動けなくなる」

「それは卑怯ではござらぬか」

「卑怯といっても、ただ立っているだけじゃ駄目なんだ。すぐに相手が掛かってきてしまえば薬が舞い飛ぶ間もねえ。だから、すぐに相手が掛かってこられねえような気迫が必要だ」

「中根殿は当家でも一、二を争う手練れだ。それがしの気迫が通じるかどうか」

「必死に演技すればいいだけだ。相手に通じるかどうかなんて気にしなくていいんだ」

「演技か……。それならばそれがしにもできそうな気がします」

ぼそりと言った槍三の肩を叩きながら、竜吉は、

「自分で自分が最強になったつもりで振るまえばいい。どうせ、一度は腹を切る決意をした身じゃねえか」

と付け足した。その声に大きくうなずいた槍三は襷を掛け、向こう鉢巻きを着けた。

「これは……」

槍三の姿を見ていた忠矢の口から感嘆の言葉が漏れた。槍三の姿がいつにも増して大きく見えたからだ。そして、その気合たるや、離れた忠矢の場所からも感じ取れるくらい充実していた。

忠矢の見立ては当たっていたようだ。

対峙した中根は動けない。正眼に構えをとったまま、長い間、じっとしていた。

対する槍三も相正眼（あいせいがん）に構えたまま、小揺るぎもしなかった。その姿は堂々たるものだった。

忠矢には、湛山たちとの戦いが槍三を変えたのだとしか思えなかった。それにしても、わずかの間に驚くべき変化だ。

中根も同じ気持ちだったのだろう。

どうせ相手は刀を振れない木偶（でく）の坊だと思って楽な気持ちで対したところ、驚くほどの気合に遭って戸惑っているに違いなかった。

中根は正眼の構えのまま、じりじりと右回りに歩を進めた。どこかで、間合いを詰めたいのだろうが、糸口が見つけられないようだった。

「えいっ」

それでも鋭い気合を発して中根が面を打ちにいった。

槍三は、この場面で中根が面を打ちにくることをまるで昨夜から知っていたかのように難なく避けた。面が外されると、中根は間髪をいれず、もう一度面を打ちにいった。この面も槍三はさっと避けた。避けた拍子に、すっと伸びた槍三の刀は中根の額に突き付けられていた。

「見事だ」

そこに直計の声が掛かった。

構えを解いた槍三は黙礼をした。

「今後、この者に対して故のない誹謗中傷を行った者は新庄家を離れてもらうから、そう心得よ」

直計は付け加えた。

「しびれ薬が効き申した。今日に限っては中根殿の鋭い太刀筋は鳴りを潜め、緩慢な面があるだけでした」

竜吉のところに戻った槍三は嬉しそうな顔をしていたが、
「さっき木刀の先に塗ったのは、ただの白粉だ」
竜吉の言葉を受け、啞然となった。

今回の事件は、四百人もの百姓の参加があった大規模な徒党騒ぎであったが、新庄家では一切の記録を残さないようにした。表沙汰になってしまえば、今までと違って、あまりにも多くの者を処罰しなければならなくなる。処分は百姓のみならず、新庄家家臣にも及ぶかもしれないし、どこで鳥居耀蔵に揚げ足を取られるか分からない。

耀蔵も沈黙を保つことを決めたようである。公式の文書のどこを探してもこの事件の記録は残っていない。もちろん、藤本湛山なる名前も登場しない。

水野忠邦の改革はこの事件の翌年、天保十四年（一八四三年）には頓挫し、忠邦は失脚する。忠邦を裏切り、うまく立ち回った耀蔵は政治の中枢に留まることに成功したが、さらに翌年の天保十五年六月、老中に返り咲いた忠邦によって失脚させられた。その後、弘化二年（一八四五年）から明治元年（一八六八年）まで二十三年の永きに亘(わた)り、讃岐国(さぬきのくに)・丸亀(まるがめ)藩京極(きょうごく)家に幽閉された。

明治政府から赦免(しゃめん)を言い渡されたとき、七十三歳になっていた耀蔵は、「自分は江戸幕府によって幽閉の罰を言い渡された。だから、江戸幕府からの赦免でなければ、承諾できない」といって京極家を困らせたそうである。

いかにも、耀蔵らしい頑固さであった。

終章　絆（きずな）

記憶の中の大津浜は静かな漁港であったが、実際に足を運んだ浜は漁師で賑（にぎ）わっている活気のある土地だった。

秋恵が指定した義兵衛の家は、さすがに網元だけあって誰もがよく知っていた。教えられた通りに行くと、周囲の家よりも大きな造りの家があった。

「御免」

忠矢は腰高障子（こしだかしょうじ）の外から訪（おとな）いを入れた。ほどなくして中から女の声が返って、障子が開いた。

「飛田さまでございますね」

「なぜそれがしの名を知っておるのだ」

こちらから名乗る前からいきなり名前を告げられ、忠矢は驚いた。

「秋恵さまに文をいただいていたからでございます」

色黒のがっちりした女は、はきはきとした口調で答えた。

「悪いが事情が飲み込めぬ。秋恵とはどのような関係だったのだ」

忠矢は女の顔を見た。色黒で深いしわが刻まれているが、秋恵と同じくらいの年であろう。気は強そうだが、善良そうな目をしている。

「これは失礼いたしました。わたしは、りんと申します。十一の年から三年の間、秋恵さまのお屋敷に奉公していたのです。秋恵さまはわたしと同い年で、主従の間柄を越えて親しくさせていただいておりました」

「そうだったのか。それにしても、秋恵が誰かに文を出していたというのは初耳だ」

「自らの死期を悟った秋恵さまは、そっとわたしだけに文を出されたようです。お抱きになっていらっしゃるのは秋恵さまでしょうか」

おりんは、忠矢が抱きかかえていた小箱をじっと見た。

「そうだ」

「ならばぜひともお上がりください。そのうえで、わたしにもお線香をあげさせてくださいまし」

「ほかに家人はご在宅か」

家の中に人気はない。忠矢は一つ屋根に男女ふたりになることを遠慮したが、

「男衆はみな漁に出ていますが、気を回していただかなくとも結構です。なにせわたしはこの身体ですから」

おりんは腕まくりをしてみせた。そこには男並みの太い腕が覗いた。

「ならば、遠慮なく上がらせてもらう」

確かにこの女丈夫にはそうやすやすと浮いた噂は立たないだろうと思った忠矢は草鞋を脱いだ。

外から見たのと同様に広い家だった。奥には立派な仏壇が備えてある。おりんはその仏壇の前に秋恵の遺骨が入った桐箱を丁寧に置いた。そのうえで、長い時を掛けて、手を合わせていた。

「秋恵は、骨を大津の浜に沈めてくれ、と申しておった」

忠矢は、やっとこちらに向き直ったおりんに対して呟くように言った。

「聞いております」

おりんは、赤くなった目を手で拭いながら答えた。

「秋恵は、なぜ海に散骨してほしいなどと言い出したのだろうか。しかも、なぜ大津を選んだのであろう」

「飛田さまは、なにか思い当たるところがおありですか」

「そうだな……」

忠矢は腕組みをして考えたのち、

「秋恵は賢い女だった。大津浜は、それがしが浪人となるきっかけを作った因縁(いんねん)深い場所だから、浜に行くことにより、もう一度初心に戻れとでも言いたかったのではないだろうか」

そこまで聞くと、おりんは突然笑い出した。

「これは失礼いたしました。それにしてもお武家さまだろうと、漁師だろうと殿方とは鈍いものでございますね」

「では、おまえはどう思うのだ」

忠矢はいささかむっとしながら、問い直した。

「大津浜は、秋恵さまが飛田さまを見初(みそ)めた場所だからでございますよ」

「馬鹿な。秋恵は一方的にひとめ惚(ぼ)れしたそれがしが強引にもらい受けたのだ。その時点では、秋恵は江戸帰りのそれがしをまともに見たこともなかったはずだ」

「秋恵さまは賢いお方だったとおっしゃったばかりではありませんか。縁談が持ち上がったとき、秋恵さまは飛田さまの首実検をされたのでございます」

「首実検だと」

場違いな言葉を聞いて、忠矢は思わず大きな声を上げた。

「これはふつつかな言葉を使いまして、失礼いたしました。飛田さまからのお話があった直後のことでございます。大津浜にお仕事で来られていた飛田さまを秋恵さまはこの家からじっと見ていたのでございます」

「それで、それがしは秋恵の眼鏡に適ったと申すのか」

初めて聞く話だった。驚いて尋ねた忠矢の問いに対して、おりんは何も答えなかったが、

「お見せしたいものがございます」

いきなり忠矢の手を引いた。

家の外に忠矢を連れ出したおりんは、母屋の裏にある納屋に案内した。納屋の中に入ったおりんは、柱を指さした。柱の裏側には何か文字が彫ってあった。

忠矢が顔を近づけると、
飛田秋恵
と、彫ってあった。秋恵の字である。

「これは……」

　思わぬ文字を発見し、忠矢は言葉を失った。

「飛田さまを見初めたとき、秋恵さまは、自分は忠矢さんの嫁になるのだと、とても喜んでおられました。そのうえで、ご自身の手でお彫りになったのです」

「そうだったのか……」

　忠矢にはその時の秋恵の姿が目に浮かぶようだった。秋恵は喜怒哀楽を表に出すほうではなく、感情を自分の内部にじっくり温めるほうであった。その秋恵がそれほどはしゃいだのは年ごろだったせいだろうか。

　忠矢はめとったばかりの秋恵を思い出そうとした。うまくいかなかった。思い出すのは、江戸の長屋で慎ましくふたりで生きていたころの顔ばかりであった。考えてみれば当然である。時は常に流れている。ある一瞬だけを切り取ってみても、それは物事の表層でしかない。これまでに為してきたことの集大成が、今ここにいる自分だ。

　今の自分の立場を変えることはできない。だが、今の自分を自分で認めることはできる。

　湛山との戦いのなかで、秋恵の考えがやっと理解できたように思う。

「秋恵さまは初めて飛田さまをじっくりと見た大津浜で眠りたかったのでございますよ」

ひとり自分の考えに没頭していた忠矢に向かって、おりんが言った。

「ただいまの話、それがしはひとつも聞かされていなかった」

いっぽうで忠矢は、一抹の寂しさを感じた。

「夫婦だからといって、一から十まで相手を知り尽くさなくてはならないと思うのは間違いではないでしょうか。他愛ない秘密が夫婦仲を長続きさせることもあります」

「そのほうも亭主に対して、秘密を持っておるのか」

「秘密を持っているかどうかは、秘密です」

にこりと笑った四十女のおりんに、少女のようなあどけなさが覗いた。

翌日の朝、義兵衛が舟を出してくれた。

「この辺りでいかがでしょう」

沖まで出たところで義兵衛が櫓(ろ)を漕(こ)ぐ手を止めた。

「十分だ。手数を掛けたな」

うなずいた忠矢の言葉を聞いて、義兵衛は碇を下ろした。

風もなく穏やかな水面は、朝日を浴びてきらきらと光っている。

（秋恵、おまえは本当にこの海で眠りたいのか）

忠矢は胸に抱いた骨壺に向かって問い掛けた。

返事はなかった。

ただ波の音がするだけだ。

もうどこへ行っても、二度と秋恵に会えないのだと改めて思うと、急に寂しさがこみあげてきた。

こんなことなら、生前にもっと優しい言葉を掛けてやればよかった。だが、もう後の祭りである。

人は後悔しながら生きている。あの時、こうすればよかったとか、もしかするともっといい方法があったのではないかと思わない者はいない。それは将来が分からないものだからだ。もし、事前に結果が分かるのであれば、人は過ちを犯さない。

けれども、それは仕掛けを知っている手妻を見るようなものだ。種が分からないから手妻は面白い。同じく先が見えないから人生は面白い。何もかもが分かってしまった世界では後悔はないのかもしれないが、希望もない。

後悔しない生き方とは、失敗しないように安全な道を選ぶことではない。自分の選んだ道を決して否定しない生き方を送ることだ。時には人は失敗する。そんなときでも、自分で自分を決して否定してはならない。

麻生での戦いでは死んでもおかしくなかった。いや、死ぬ可能性のほうが高かった。こうして生き残れたのは僥倖（ぎょうこう）なのだが、たとえ麻生の露と散っても自分の選んだ道に悔いはなかったと言える。

忠矢は骨壺をそっと水面に置いた。壺はゆっくり、ゆっくりと沈んでいく。

「大津の浜に眠るのはおまえひとりではない」

忠矢は沈んでいく壺を見ながら、つぶやいた。

二十年も昔の失敗をいまだにひきずっていた情けない男もこの浜に沈んでいったのだ。

「いつか俺も灰になる。そのときまで、おまえに笑われぬよう、精いっぱい生き抜いてみせる」

忠矢は壺が見えなくなっても、ずっと水面を見つめていた。

その舟の頭上をいつまでも海猫（うみねこ）が輪を描いて飛んでいた。

参考文献

『茨城百姓一揆』　植田敏雄編　風濤社
『麻生の文化』　麻生町郷土文化研究会編
『麻生町史』　麻生町史編さん委員会編
『大江戸奇術考』　泡坂妻夫　平凡社新書
『日本奇術文化史』　河合勝・長野栄俊　東京堂出版
『一揆2　一揆の歴史』　青木美智男他編　東京大学出版会
『ウケる！　かんたんマジック&手品』　上口龍生監修　池田書店
『江戸の見世物』　川添裕　岩波新書

一〇〇字書評

虹かかる

切り取り線

購買動機（新聞、雑誌名を記入するか、あるいは○をつけてください）	
□（　　　　）の広告を見て	
□（　　　　）の書評を見て	
□ 知人のすすめで	□ タイトルに惹かれて
□ カバーが良かったから	□ 内容が面白そうだから
□ 好きな作家だから	□ 好きな分野の本だから

・最近、最も感銘を受けた作品名をお書き下さい

・あなたのお好きな作家名をお書き下さい

・その他、ご要望がありましたらお書き下さい

住所	〒				
氏名		職業		年齢	
Eメール	※携帯には配信できません	新刊情報等のメール配信を 希望する・しない			

この本の感想を、編集部までお寄せいただけたらありがたく存じます。今後の企画の参考にさせていただきます。Eメールでも結構です。

いただいた「一〇〇字書評」は、新聞・雑誌等に紹介させていただくことがあります。その場合はお礼として特製図書カードを差し上げます。

前ページの原稿用紙に書評をお書きの上、切り取り、左記までお送り下さい。宛先の住所は不要です。

なお、ご記入いただいたお名前、ご住所等は、書評紹介の事前了解、謝礼のお届けのためだけに利用し、そのほかの目的のために利用することはありません。

〒一〇一‐八七〇一
祥伝社文庫編集長　坂口芳和
電話　〇三（三二六五）二〇八〇

祥伝社ホームページの「ブックレビュー」からも、書き込めます。
www.shodensha.co.jp/
bookreview

祥伝社文庫

虹(にじ)かかる

令和 2 年 4 月20日　初版第 1 刷発行

著　者　木村忠啓(きむらちゅうけい)
発行者　辻　浩明
発行所　祥伝社(しょうでんしゃ)
東京都千代田区神田神保町 3-3
〒 101-8701
電話　03（3265）2081（販売部）
電話　03（3265）2080（編集部）
電話　03（3265）3622（業務部）
www.shodensha.co.jp

印刷所　萩原印刷
製本所　ナショナル製本
カバーフォーマットデザイン　中原達治

 ISBN978-4-396-34620-1 C0193

祥伝社文庫の好評既刊

今村翔吾　火喰鳥（ひくいどり）　羽州（うしゅう）ぼろ鳶（とび）組

かつて江戸随一と呼ばれた武家火消・源吾（げんご）。クセ者揃いの火消集団を率いて、昔の輝きを取り戻せるのか!?

今村翔吾　夜哭烏（よなきがらす）　羽州ぼろ鳶（とび）組②

「これが娘の望む父の姿だ」火消としての矜持を全うしようとする姿に、きっと涙する。最も〝熱い〟時代小説！

今村翔吾　九紋龍（くもんりゅう）　羽州ぼろ鳶（とび）組③

最強の町火消とぼろ鳶組が激突!?　残虐な火付け盗賊を前に、火消は一丸となれるのか。興奮必至の第三弾！

今村翔吾　鬼煙管（おにきせる）　羽州ぼろ鳶（とび）組④

京都を未曾有の大混乱に陥れる火付犯の真の狙いと、それに立ち向かう男たちの熱き姿！

今村翔吾　菩薩花（ぼさつばな）　羽州ぼろ鳶（とび）組⑤

「大物喰いだ」諦めない火消たちの悪あがきが、不審な付け火と人攫いの真相を炙り出す。

今村翔吾　夢胡蝶（ゆめこちょう）　羽州ぼろ鳶（とび）組⑥

業火の中で花魁（おいらん）と交わした約束――。消さない火消の心を動かし、吉原で頻発する火付けに、ぼろ鳶組が挑む！

祥伝社文庫の好評既刊

今村翔吾　**狐花火**　羽州ぼろ鳶組⑦

水では消えない火、噴き出す炎、自然発火……悪夢再び！　江戸の火消たちは団結し、全てを奪う火龍に挑む。

今村翔吾　**玉麒麟**　羽州ぼろ鳶組⑧

真実のため、命のため、鳥越新之助は江戸の全てを敵に回す！　豪商一家惨殺の下手人とされた男の運命は？

今村翔吾　**双風神**　羽州ぼろ鳶組⑨

人の力では止められない、最悪の災い火焔旋風〝緋鼬〟。東と西、武士と町人いがみ合う火消達を一つにできるか？

今村翔吾　**黄金雛**　羽州ぼろ鳶組　零

新人火消・松永源吾が怪火に挑む！　十六歳の若者たちの魂が絶叫する。羽州ぼろ鳶組はじまりの第〝零〟巻。

神楽坂　淳　**金四郎の妻ですが**

大身旗本堀田家の一人娘けいが、嫁ぐように命じられた男は、なんと博打好きの遊び人――遠山金四郎だった！

神楽坂　淳　**金四郎の妻ですが2**

借金の請人になった遊び人金四郎。返済の鍵は天ぷらを流行らせること⁉　知恵を絞るけいと金四郎に迫る罠とは。